TOMAS ESPEDAL

L I E B E N

Matthes & Seitz Berlin

Aus dem Norwegischen von
Hinrich Schmidt-Henkel

Gott ist der Tod in Gestalt des Liebenden.
Pierre Jean Jouve

Ich sucht nach einem Ort zum Sterben. Er fällt hin, steht auf, klopft sich den Schmutz von der Kleidung, blickt zu den Bäumen hinauf; grüne Blätter und Nadeln, Kiefern und Fichten zwischen Birken und Eschen, an manchen Stellen Espen; herzförmige, flügelförmige Blätter, als ob die Bäume, die harten, hochgewachsenen einsamen Baumstämme nach natürlichen Formen suchten, die sie nachahmen oder annehmen können, wie wenn ein Eichhörnchen von Zweig zu Zweig hüpft oder ein Vogel sich auf einem Gipfel niederlässt und aus vollem Halse singt: Morgenlicht!

Jedes einzelne Laubblatt ist einzigartig. Und zugleich auch nicht, die Blätter wachsen durcheinander und umhüllen den Baum wie ein ganzheitlicher Gedanke: Wir sind der Baum. Der Baum ist wir. Wir sind Frühling, Sommer und Herbst. Im Winter sind wir nicht da, dann liegen wir unter der Erde. Tot und überwuchert. Im Winter befinden wir uns in Auflösung. Im Winter sterben wir. Ich flucht. Er ist feucht von Erde und Schlamm. Einzig und allein die Vögel beobachten ihn und geben ihn als Klatsch weiter, von Ast zu Ast und weiter auf Flügeln und per sogenannten Gesang bis an ferne Orte. Ferne Orte sind nicht immer entfernt genug. Aber sie versteht nichts vom Klatschgesang der Vögel. Oder etwa doch? Wird sie von seinem Fall hören? Ich singt. Er ist fröhlich beim Gedanken an seinen baldigen Tod. Aber wo soll er sterben? Im Wald oder am Meer? In den Bergen? Oder drinnen am Stadtrand? Auf einem Parkplatz? Es gilt, den passenden Ort zu finden. Eine Waldeslichtung, von einem Fluss durchzogen. Nein. Das ist nicht der passende Ort. Vielleicht ein Garten. Apfelbäume, Himbeersträucher. Rosen. Jasmin- und Weißdornhecken, ein Bach und ein Abhang, ein Wasserfall und abermals Vögel, immer Vögel, immer Unruhe. Immer Gerüchte und Gewäsch. Selten Stille. Ich sucht Stille. Einen stillen Ort. Zu Hause? Ein Bett. Im Bett, mit Schlaftabletten. Ein langer Schlaf soll es sein. Ein guter Schlaf. Schläfst du? Nein. Ich schläft nicht. Er ist wach und träumt. Schon allein das, auf dem Rücken liegen, auf Kiefernnadeln oder im Bett, und träumen! Zu leben, zu träumen, das ist dasselbe. Er hat sein ganzes Leben zum Träumen verwendet. Auch im Gehen. Auch im Stehen. Und da, mitten im Traum, wie eine Fliege im Spinnennetz, war Leben. Blankes, bloßes, glänzendes Leben. Hartes Leben, durchsichtig, wie ein Fliegenflügel, schlagend, an einem pulsierenden Fliegenkörper, der bald von einem kleinen schwarzen Tier gefressen würde. Der Tod. Er kann so schön sein. Auch das Leben ist schön. Wenn Leben und Tod in einer Notwendigkeit zusammenfallen, ist das ein Augenblick von natürlicher Schönheit. Man muss diese Schönheit selbst schaffen. Man muss sich dieser Natürlichkeit unterordnen, man muss sie wählen, wie wenn wir uns im Bett zudecken oder von einer Brücke springen. Man schläft ein, oder man geht unter, das ist natürlich. So denkt Ich, während er auf das Meer zugeht, auf die Bucht unweit seiner Wohnung; hinab durch den sogenannten Vorgarten, dann öffnen sich Gesträuch und Unterholz auf ein ebeneres, härteres Gelände, das Gras weicht glatten Felsen und Ufersteinen, Blau.

Ich geht zum Wasser. Er zieht sich aus, faltet seine Kleidung sorgsam zu einem Stapel. Wie schön sie sind, seine Kleider. Das Hemd, die Hose, die Schuhe. Dreckig. Voller Leben sind sie, seine Kleider. Wie sie am Wasser liegen und atmen. Ich schwimmt. Er greift mit Armen und Beinen aus; faltet Arme und Beine zusammen, zurück, an den Körper. Geht nicht unter. Wird schneller. Reckt Arme und Beine. Atmet ein und aus. Wasser schlucken? Hier untergehen? Ich geht unter. Er schwimmt unter Wasser weiter. Schwarz. Nein. Nicht hier. Weder schmutzig noch sauber genug. Nicht blau genug. Weißt du noch? Ich weiß noch. Er erinnert sich an das blaue Meer bei Kaş. An der Spitze der Türkei. Sie und er im Urlaub. Dort. Am Strand. In der Sonne. Der Wärme. Die Schweißtropfen unter ihren Augen. Jetzt isst sie eine Aprikose. Später, am Abend, im Licht der Lampions, eine Apfelsine. Ein langer Schnitt mit dem Obstmesser, und dann riss sie die Orangenschale mit einem einzigen Orangenschalenabriss ab. Fast gewalttätig. Wie hast du das gemacht, wie hast du das geschafft? Das ist keine Kunst, ich esse Obst, es ist natürlich. Sie war natürlich. Wo hatte sie das her? Hatte sie keine Eltern? War sie aus jemandes Stirn entsprungen, voll angekleidet? All diese Kleider. Er zog sie aus und an. Der Geruch des Ankleidens. Der Geruch des Auskleidens. Ihr Geruch. Man kann sich in einen Geruch verlieben. Man kann von einem Geruch abhängig werden. Er setzt sich in ihren Kleidern fest und allmählich auch in den Dingen, den Möbeln, den Gardinen und Teppichen, der Geruch breitet sich in den Räumen aus, bald erfüllt er das ganze Haus. Das Haus riecht gut. Es riecht nach Liebe. Nicht lange, und der Geruch hat sich auch in dir festgesetzt. Er gehört zu dir. Du riechst nach ihr. Du riechst nach einer Mischung von dir selbst und ihr, das ist der Liebesgeruch. Ihre Achselhöhlen, dein Geschlechtsteil, dein Schweiß, ihr Blut, alles mischt sich. Dein Leib und ihrer. Zu einem Gemeinschaftsgeruch. Wie soll man ohne sie leben? Wie soll man leben? Wie soll man ohne Liebe leben? So denkt Ich, der in dem kalten Wasser schwimmt. Wasser und Erinnerungen wegschieben. Untergehen, aufsteigen, Wasser schlucken. Der Geschmack von Salz. Der Geschmack von Tod. Nein. Das ist der Geschmack von Leben. Ich schwimmt an Land. Auf allen Vieren kriecht er aus dem Wasser und spürt die Wärme der Uferfelsen und der Sonne. Ich legt sich auf dem glatten Felsen auf den Bauch und befühlt den heißen Stein mit kalten, offenen Händen, er spürt, wie er durchwärmt wird, er hat eine kräftige Erektion.

Ich hat versucht, allein zu leben. Er ist gereist, hat Städte und Länder besucht. Er hat in Restaurants gegessen und in Bars getrunken. Er hat die Langeweile kennengelernt. Er hat Freundschaften gesucht. Er hat Liebesverhältnisse gehabt, das, was Susa kleine Lieben nannte. Wir erleben, wenn wir Glück haben, eine große Liebe, und außerdem ein paar kleine Lieben, sagte Susa, auf dem Barhocker sitzend. Hohe Absätze, lange Strümpfe, ein knöchellanger Mantel, alles an ihr war langgestreckt, und um das noch zu verstärken, trug sie einen Hut. Susa hatte dreiundsechzig Männer kennengelernt. Sie hatte die Namen auf eine Liste geschrieben. Hinter den Namen, nach einem Semikolon, hatte sie die ungefähre Länge ihrer erigierten Penisse vermerkt.

Dazu einige Eigenschaften, wie: Liebenswürdig. Gutgläubig. Unintelligent. Bösartig. Eifersüchtig. Lustig. Redselig. Solche Sachen. Susa hatte Bücher geschrieben. Sie war weise, man hätte sie als eine weise Frau bezeichnen sollen, aber Frauen sind dumm, sagte Susa, es ist unsere Aufgabe, die Dummheit zu behüten. Ich schere mich nicht mehr um Geschlecht oder Alter, sagte sie, das sind Konstrukte, manchmal bin ich ein neunzehnjähriger Mann, aber gerade jetzt bin ich eine Frau und dreiundsiebzig. Du solltest dir die kleinen Lieben nicht versagen, sagte sie. Ich habe immer zölibatär gelebt. Das waren die besten Jahre. Ohne Männer. Ohne Frauen. Ohne sexuelle Verhältnisse, das lässt die Sexualität weiter werden, höher, irgendwann liebt man Bäume und Vögel, Wolken und Blumen, Kinder und ältere Menschen, man liebt das Leben. Das Wichtigste, das ich erlebt habe: Wenn man mehrere Menschen liebt, wenn das Begehren sich nicht an einen bestimmten Menschen heftet, den man besitzen will und von dem man besessen werden möchte, dann sitzt man eines Tages zwischen Freunden oder Fremden und denkt, ich liebe sie alle. Ich liebe die Gemeinschaft. Ich liebe die Menschen. Im Guten wie im Bösen. Ich habe einen Kannibalen kennengelernt. Er hatte seine Geliebte gegessen. Das war in Paris. Montaigne meinte, der Kannibale ist zivilisiert. Er tötet nicht mehr, als er verzehren kann. In unserer sogenannten Zivilisation bringen wir Hunderttausende um. Menschen und Tiere. Ja. Ich bin Borges begegnet. Ich wollte mich für ihn schön machen. Eine Freundin, es war in Buenos Aires, sagte: Was putzt du dich heraus? Borges ist blind. Ich zog meine schönsten Sachen an. Ohrringe und Hut. Schminkte mich. Dazu ein Seidenschal. Etwas Parfum. Besonderen Schmuck. Als ich in sein Arbeitszimmer eingelassen wurde, von seiner Mutter, er saß im Halbdunkeln hinter seinem Schreibtisch, sagte Borges: Wie schön Sie angezogen sind.

Auch Ich hat sich herausgeputzt. Er will nicht nachlässig gekleidet sterben. Er ist früh aufgestanden, hat sich geduscht und rasiert und seinen besten Anzug gewählt; dunkle Hose und Jacke, ein weißes Hemd, dunkle Krawatte, er hat sich gekleidet wie zu einer Beerdigung, seiner eigenen, wie wenn er sich selbst bei ihr sehen könnte, in einer vollbesetzten Kapelle. Vor gerade zwei Wochen ist er bei einer Beerdigung gewesen; es war ungefähr, wie er es sich für sich selbst wünschen würde: Familie und Freunde, etliche Bekannte, einige waren angereist. Er kam zusammen mit Aka, viel zu spät, sie hatten nachts getrunken und sich geliebt und dann verschlafen, hatten ein Taxi gerufen, sich in aller Hast angezogen und waren zu der bereits vollbesetzten Kapelle gefahren, wo sie vor aller Augen durch den Mittelgang gehen mussten, wie ein dunkel gekleidetes, missratenes Brautpaar, erst in der zweiten Bank von vorn war Platz, hinter der trauernden Familie.

Zwei gute Reden wurden gehalten, es wurde laut geweint, auch Aka weinte, obwohl sie den Verstorbenen nicht gekannt hatte. Klavier wurde gespielt, etwas Grieg, etwas Bach; Ich fiel eine Zeile aus einer Kantate ein: Ich freue mich auf meinen Tod. Ich nahm Akas Hand, sie saßen händchenhaltend in der Kapelle, war es ein Anfang oder ein Ende? Warum weinst du nicht?, flüsterte Aka. Ich weinte nicht auf Beerdigungen, er wusste nicht warum, vielleicht hatte er ein allzu nahes Verhältnis zum Tod, er fand es nicht unbedingt traurig, wenn jemand starb. Jedenfalls nicht, wenn der Verstorbene wirklich gelebt hatte. Karel war ein Jahr jünger als er und hatte ein starkes Leben gehabt, ein erfülltes Leben, das wusste Ich, er war mit Karel befreundet gewesen. Dass der Tod gut sein könnte, war denkbar und durchaus möglich. Es war eine christliche Beerdigung, und im christlichen Glauben ist der Tod besser als das Leben. Genau das betonte der Geistliche: Der Verstorbene war heimgekehrt. Karel, der die meiste Zeit seines Lebens herumgezogen oder auf Reisen gewesen war, auf mancherlei Weise ein freiwillig Heimatloser, war jetzt heimgekehrt. An einen guten Ort. Einen verlässlichen Ort. Er war, hoffentlich, zur Ruhe gekommen.

Karel wurde in einem weißen Sarg aus der Kapelle getragen. Der Sarg war schwer. Karel war hoch gewachsen, er wog sicher neunzig Kilo. Zwei von den Sargträgern mühten sich bereits an der ersten Steigung auf dem Weg zum Grab. Die Träger hatten Probleme mit dem Tragen, und als sie um eine Ecke bogen und die nächste Steigung in Angriff nahmen, entglitt ihnen der Sarg; er krachte auf den Asphalt und stürzte um, der Deckel löste sich, und heraus rollte Karel, er warf sich geradezu aus dem Sarg. Erst nach zwei Umdrehungen blieb er auf dem Rücken liegen, höchst lebendig scheinbar, oder schlafend, ganz und gar er selbst, so, wie man ihn so viele Male auf einem Sofa hatte schlafen sehen. Ein Schrei ging durch die Trauergemeinde, die Leute waren wie gelähmt, entsetzt, dass der Tote so lebensnah wirkte. Er war er selbst, nur blasser und etwas dünner, er trug, was er sonst auch immer trug. Leicht vorstellbar, dass er aufstand und sich die Kleidung abklopfte, wie er es einmal getan hatte, als er bei einer Prügelei liegen geblieben war, um sich dann herumzurollen, aufzustehen und nach einer Zigarette zu verlangen. Jetzt aber konnten alle sehen, dass Karel tot war. Er lag auf dem Rücken, mitten auf dem Weg, und beim Anblick dieses Liegenden wurde allen klar, dass Karel wirklich tot war. Man sah den Tod. Man verstand, was der Tod war, er war brutal, er war die vollständige Abwesenheit von Leben. Man begriff, Karel würde nie wieder aufstehen, auch nicht im Jenseits. Karels Brüder und Neffen stürzten hinzu und hoben die Leiche zurück in den Sarg. Neue, stärkere Träger hoben den Sarg an und setzten ihn quer über dem rechteckigen Loch im Boden ab, dort, wo hernach die Trauerkränze hingelegt wurden. Dann ließen sie ihn an Seilen in die Erde hinab.

An dem Tag, als Ich sein Heim verließ, schien die Sonne, es war ein schöner Tag. Ich aß ein gutes Frühstück, Toastbrot und Eier. Eine Tasse Kaffee. Dann zog er sich den Mantel über, schnürte seine schwarzen Wanderstiefel, knotete sie fest zu und ging, er gedachte nicht zurückzukommen.

Wie seltsam, die eigene Tür zum letzten Mal zu schließen. Die Tür schließen. Solltest du abschließen, nein, du lässt die Tür offen. Wie immer. Wie nie wieder. In diesem Haus sind all deine Dinge, die Stühle, die du so magst, die Lampen, Bücherregale, Bücher. All diese Bücher, die in dir wohnen. All diese Worte und Sätze, Namen und Orte, die in dir wohnen. Auch die Möbel und Dinge wohnen in dir; manche Möbel hast du von deinen Eltern und Großeltern geerbt, manche Dinge hast du von Geliebten und Freunden geschenkt bekommen, du willst sie mitnehmen, wohin du gehst. Die Dinge wird man wegwerfen oder verkaufen, die Möbel werden ausgeräumt, das Haus wird leer stehen. Ein leeres Haus. Bevor es wieder gefüllt wird. Dein Zuhause wird zerstört sein, ebenso wie du selbst. Du wirst ebenso verschwunden sein wie die Möbel und die Dinge und dein Zuhause. Das ist natürlich. Du wirst verschwunden sein wie alles, was du liebst, so, wie alle, die du liebst, verschwinden werden. Dein ganzes Leben lang, seit deiner Kindheit, hast du den Gedanken gemocht, du könntest verschwinden. Das war deine Freiheit, dein Geheimnis, deine Eigenart: zu verschwinden. Du konntest vor den Augen von Mutter und Vater verschwinden, aus einer Kindergesellschaft oder einem Klassenzimmer und da, direkt neben deiner Liebsten, sie hielt dich an der Hand, aber du warst nicht da. Wo warst du dann? Du warst weg. Wo warst du dann? Du warst weg, an einem Ort, der nur aus Abwesenheit besteht, einem Weg-Ort, du warst im Tod. Schon früher warst du im Tod. Das war ein guter Ort. Von ihm kamst du her, zu ihm musstest du zurück, das war der Ort, der dich dein ganzes Leben lang begleitete und an dem du Zuflucht suchen konntest, wann auch immer. Das war dein Ort. Das Ungewisse. Dieser andere Ort.

Dorthin wollte Ich jetzt, heute.

Als Ich gerade die Tür schloss, hörte er eine

Stimme, seinen Nachbarn. Ich wohnte in einem von vier kleinen Reihenhäusern, er hatte gute Nachbarn, jetzt hörte er, wie schon so oft, die Stimme des Nachbarn, in der Regel von Wänden gedämpft, er fand es beruhigend, von Stimmen umgeben zu sein, von Lauten, von den Leben der Nachbarn, aber manchmal drangen diese Stimmen frei zu ihm, losgerissen von ihren verborgenen, eingeschlossenen Leben, direkt zu ihm, vor dem Haus, und das machte ihn unruhig, als hätte er sich etwas zuschulden kommen lassen. Er war schutzlos, ohne Verteidigung; er wurde angegriffen, nein, das nicht, und dennoch schloss er die Ohren, um die Wände, die ihn von seinen Nachbarn trennten, gewissermaßen im Unsichtbaren wieder zu errichten; er nahm das, was drinnen war, immer mit, wenn er ausging. Es war Ranks Stimme. Sie durchschnitt die Luft, die frische Morgenluft: Willst du zu einer Beerdigung? Ich stand eine Weile da, er wusste nicht, was er sagen sollte. Er trug seine besten Sachen. Es war erst acht oder neun Uhr morgens. Nein, sagte er endlich, ich will zu einem Fest. Einem von diesen frühen Festen, sagte Rank. Sie lachten. Ich führte ein unregelmäßiges Leben, das wussten alle. Übrigens bist du mit Rasenmähen dran, sagte Rank, morgen ist Samstag, vielleicht kannst du das dann machen, falls du das Fest überlebst, vor übermorgen, dann ist Sonntag.

Ich bekam ein schlechtes Gewissen. Er konnte nicht einfach so verschwinden, ohne den Rasen gemäht, ohne seine Pflicht erfüllt zu haben. Auf der anderen Seite: Wenn er erst all seine Pflichten erfüllen wollte, wäre ja niemals Zeit zum Sterben. Wollte er sich von Bagatellen aufhalten, vielleicht sogar hindern lassen? War das monatliche Rasenmähen nicht eine Bagatelle, fast ein bürgerliches Konstrukt, eine kosmetische Pflicht; es ärgerte ihn; am liebsten wollte er das Gras frei wachsen lassen, Krokusse und Löwenzahn sollten in Frieden dastehen, Unkraut und wilde Blumen sollten unberührt bleiben, aber es war nicht sein Rasen, nicht sein Garten, er gehörte der Eigentümergemeinschaft.

Ich zog den Mantel aus, ging zum Geräteschuppen und rollte den Rasenmäher heraus. In einer geraden Linie hin- und hergehen; die Blütenköpfe abrasieren, den bereits schon kurzen Rasen mähen, hin- und hergehen, schwitzen, er ging gern so auf dem Rasen hin und her, aber die Vorstellung, ihn zu mähen, mochte er nicht, die gelben Löwenzahnblüten abzuschneiden, die orchideenähnlichen Blümchen (die seine Mutter so liebte) und zumal die Kleeblüten, die für die Bienen so unentbehrlichen (aber wer dachte schon an Bienen in dieser Eigentümergemeinschaft, die so auf Oberflächen fixiert war, auf Fassaden, auf alles, das gegen die Natur war; gemeinsam versuchte man, die braunen Wegschnecken auszurotten, Rattengift wurde ausgelegt, Katzen wurden verjagt und Spinnennetze entfernt, sie räucherten Wespennester aus und vergasten Ameisen und andere Insekten, all das Kleingetier, von dem wir im Grunde so abhängig sind), und Ich liebte Bienen, er mochte Wespen und Spinnen, Ameisen und Regenwürmer, alles, was in der Erde kreucht und aus ihr wächst, den ewigen Zyklus von Wachstum und Leben, der von dieser Rasenmäherei gestört wurde, so, wie wir die Natur mit fast allen unseren Handlungen stören, dachte Ich.

Mit all seinen jetzigen Handlungen und all den künftig unterbleibenden Handlungen versuchte Ich, seinen Tod zu rechtfertigen. Ich sollte klipp und klar sagen, dass ich gegen diese brutale Rasenmäherei bin, dachte Ich, und zwar sollte ich das heute tun, am letzten Tag, dachte Ich beim Rasenmähen. Ich sollte den Rasen ungemäht lassen, aber ich erfülle meine kosmetische Pflicht, zum letzten Mal. Vielleicht sollte ich den Rasen zur Hälfte stehen lassen, das wäre meine Meinungsäußerung, meine Demonstration; sie werden dann schon verstehen, was ich von der Rasenmäherei halte, dachte Ich.

Solange Ich neben Rank wohnte, war Rank ein guter Nachbar gewesen, ein normaler Nachbar, konnte man sagen; als Ich in sein Reihenhaus einzog, war Rank verliebt, seine Freundin zog bei ihm ein, sie bekamen eine Tochter, und als die Tochter vierzehn wurde, ließen Rank und Arie sich scheiden, sie zog aus, das war normal. Die meisten Leute in der Eigentümergemeinschaft waren normal; die Lichter gingen an und aus, wenn es an der Zeit war. Man heiratete und ließ sich scheiden, wenn es notwendig war. Doch nachdem Rank allein zurückgeblieben war, begann er, sein Haus manisch zu renovieren, Raum um Raum, alle drei Stockwerke, Keller und Wohnzimmer, Küche und Bad, die Schlafzimmer im Obergeschoss, Wand für Wand, Tür um Tür, und die Treppen zwischen den Stockwerken, es schien ein ewiges Projekt von Abriss und Lärm, Gehämmere und Gebohre. Rank war ein stiller, ruhiger Mann, aber die Scheidung und das Alleinleben taten ihm offenbar nicht gut; das Gehämmere und Gebohre fand abends statt, nach der Arbeit, oft auch samstags und sonntags, bis es war, als ob es gar keine Ruhetage mehr gäbe, und Rank verwandelte sich hinter den dünnen Wänden, die ihn von Ich trennten, in ein rücksichtsloses, lärmendes Monstrum, das zu allen Tages- und Nachtzeiten Krach machte, der gute Nachbar war dabei, ohne es zu wissen, denn Ich wollte sich nicht beschweren, er hasste jede Konfrontation und wollte keinesfalls mit Rank über Kreuz geraten, mit keinem Nachbarn, Rank war dabei, sich von einem Freund in dessen Gegenteil zu verwandeln, fast in einen Feind. Rank durchlief eine Verwandlung, dort, gleich hinter den Wänden; Ich fühlte sich von dem neuen Rank ganz fürchterlich gestört, von dem Gehämmere und vor allem dem Gebohre, das sich durch die Wände fortpflanzte und in Ichs Kopf drang.

Es war, als würde Rank in Ichs Leben einziehen. Ich war gezwungen, an Rank zu denken, wer war Rank? Ich wollte das nicht wissen, musste aber unfreiwillig an Rank denken, an Rank hinter all seiner Freundlichkeit und dem nachbarschaftlichen Ton, vielleicht war er gar kein guter Mensch. Warum nahm Rank auf Ich keine Rücksicht, auf Ichs Rücksichtnahme auf Rank, auf Ichs Geräuscharmut, seine Stille und geradezu Geräuschlosigkeit gegenüber Rank? Ich wünschte sich ein gutes Verhältnis zu den Nachbarn. Ich wünschte sich ein Distanzverhältnis zu den Nachbarn. War Ranks Rücksichtslosigkeit eine Folge davon, eine Rache vielleicht, war Ranks Lärm eine Rache für Ichs Stille? Diese Vorstellung störte Ichs Privatleben, bedrohte es; und zum ersten Mal, seit er in diesem Reihenhaus wohnte, erwog Ich umzuziehen; doch wohin?

Ich wohnte in seinem Elternhaus. Er wohnte sehr gern in dem Haus, in dem sich seit seiner Kindheit, seit seinem Aufwachsen nichts verändert hatte. Ich hatte nichts verändert; die Tapeten und Teppiche waren dieselben, die Möbel; er hatte einige Tische und Stühle verschoben, das war alles.

Ich hatte an anderen Orten gewohnt, einige Jahre im Ausland, einige Jahre in seiner Heimatstadt, in zufälligen Wohnungen, doch als seine Eltern starben, mehr oder weniger zur selben Zeit, sie hatten so gut wie ihr ganzes Leben miteinander verbracht und starben gemeinsam, das wirkte natürlich, und ebenso natürlich war es, dass Ich in das Haus der Verstorbenen zog, in das Haus seiner Kindheit. Er hatte seinen Ort gefunden. Den Ort, an den er gehörte. Den Ort, an dem es ihm gut ging. Man zieht herum und sucht, man reist herum und wohnt hier und dort, findet aber nicht den Ort, an dem man bleiben möchte. Und wenn man ihn irgendwann findet, seinen Ort, den Ort, an dem man bleiben möchte, an dem alles an der rechten Stelle ist und wo es einem gut geht; den Ort; einen Ort, an dem man Ruhe findet und sein Potenzial ausschöpfen kann, ja, so ist das ein Geschenk; hier wird man tun, was zu tun einem bestimmt ist, und in Ichs Fall war das Schreibarbeit, er hatte einige Bücher geschrieben und veröffentlicht und große Teile seines Schreiblebens lang nach einem Ort gesucht, an dem er sein Bestes hervorbringen könnte, die wichtigste Arbeit, einen Ort, an dem er die Konzentration dafür finden würde, besser zu schreiben, als er es bislang vermocht hatte, ein Hauptwerk, sozusagen. Und er hatte den Ort gefunden; es war etwas wie ein vollendeter Kreisschlag; was man in weiter Ferne vermutete, an einem anderen Ort, den perfekten Ort gab es ganz in der Nähe, dicht bei den Anfängen, wo die Suche begonnen hatte, und das heißt in Ichs Fall den, wo er zu schreiben begonnen hatte; er schrieb jetzt in demselben Zimmer, in dem er als Sechzehnjähriger damit begonnen hatte.

Ich mähte den halben Rasen mit dem Benzinmäher, würgte dann den Motor ab und schob die Maschine zurück in den Geräteschuppen. Er erwog einen Augenblick lang, sich in sein Auto zu setzen, in der Garage, den Motor anzulassen und dort sitzen zu bleiben, im Dunkeln, im Auto, mit geöffneten Fenstern, und im Radio Musik zu hören; bis es endlich still sein würde.

Aber nein, das wäre zu früh, zu schnell, er hatte noch den ganzen Tag zur Verfügung, und es war wirklich ein schöner Tag, die Sonne schien, der Himmel war hoch und leuchtete so blau über all dem Grünen, das auf den Wiesen und an den Bäumen spross. Ich wollte spazieren gehen, er wollte den Tag einatmen mit all dessen Schwere und Schönheit. Es gibt in allen Erlebnissen zwei gute äußerste Punkte, nämlich »zum ersten Mal und zum letzten

Mal«: Das erste Mal, dass du einen Baum siehst, der erste Kuss, die erste Liebe, die letzte Tasse Kaffee, das letzte Mal, dass du einen Baum siehst: Da siehst du den Baum! Jetzt schmeckst du den Kaffee! Hier liebst du! Die meisten Male dazwischen allerdings sind nichts als Gewohnheit, und du siehst nicht, was du siehst, deine Liebste, die Kaffeetasse, die Haustür, den Kiesweg, das Gartentor; du gehst am Kindergarten vorbei, ohne ihn zu bemerken, du siehst nicht einmal die Rhododendren um den Parkplatz herum, ebenso wenig die Menschen, die aus ihren Autos aus- und in sie einsteigen, du siehst weder die Häuser noch die Fenster, an denen du vorübergehst, all das ist dir zur Gewohnheit geworden, und manchmal bist du diese alltäglichen Begebenheiten satt, interessierst dich nicht für sie, oder sie regen dich auf, du regst dich über die Autos und den Verkehr auf und all den Lärm und die Dummheit, die im Lauf eines Tages geschieht. Du hast den Tag verloren. Du hast den Glauben an den Tag verloren, an das Erste und das Letzte, an das Neue, das es jeden Tag gibt, das es in jedem Anfang und jedem Ende gibt. Ein neuer Tag. Es ist da, aber du siehst es nicht, dein Tag ähnelt anderen Tagen, denn du bist bereits tot. Etwas in dir ist tot. Wann ist es gestorben, wann bist du gestorben, war es, als die Liebe vorbei war? Man kann ohne Liebe nicht leben. Und doch lebst du, ein

Halb-Leben, ein Fast-Leben, ein Tod-Leben lebst du. Derlei Gedanken brachten Ich in Stimmung, in Hochstimmung, sie bestätigten, dass sein Entschluss richtig war: Der schöne Beschluss, den Ich getroffen hatte, der Beschluss zu sterben.

Ich wollte den guten Tod sterben. Nicht denjenigen, der jählings kommt oder als Unfall, oder als Krankheit, nicht denjenigen, den man verdrängt und verleugnet, sondern den Tod, dem man entgegengeht, den man wählt. Ich wollte sterben, während er noch voller Lebenskraft und geistiger Frische war, er wollte gern an einem Tag sterben, an dem er zufrieden war und es ihm gut ging. Vor einem Jahr hatte Ich seinen großen Entschluss getroffen, und er wusste, dass dieses Jahr anders werden würde als alle anderen Jahre zuvor. Er hatte keine Pläne und wollte das Jahr entgegennehmen, wie es auf ihn zukam, als Geschenk. Über das kommende Jahr wusste er nichts, als dass es sein letztes sein würde. Der letzte Juli, der letzte August und Herbst, Winter und Frühling, die letzte Woche und die letzten Tage, wie ein Countdown und eine Intensivierung des gegenwärtigen Tages.

Ich traf seinen Entschluss im Frühling, an einem warmen Tag im Mai; er lag auf der Terrasse in der Sonne und las. Der Entschluss hatte schon in ihm gewohnt, seit Vali ihn verlassen hatte, vor bald sechs

Jahren; all diese Jahre hatte er allein gelebt. Er wohnte gern allein. Es war neu für ihn, allein zu wohnen, mittlerweile war es ihm auch zur Gewohnheit geworden, und er wünschte sich nichts Neues; keine neue Beziehung, keine neue Reise, neue Projekte, all das war für ihn gestorben, und der Entschluss eines Endes war in ihm gewachsen und gereift und irgendwann plötzlich hervorgetreten, wie eine innerliche Blüte, schwarz und schön, eines warmen Maitags auf der Terrasse.

Nur wenige Tage, nachdem er den Entschluss getroffen hatte, wurde Ich zu einem Aufenthalt nach Frankreich eingeladen. Freunde von ihm hatten ein Haus an der Loire gemietet, in dem kleinen Dorf Candé-sur-Beuvron. Eine Woche mit sieben Freunden in einem großen Haus in Frankreich; er beschloss zu reisen, buchte den Flug, nur Hinflug, packte den Rucksack und holte seine alten Wanderschuhe hervor, zog den schwarzen Wollanzug an, ein weißes Hemd, und flog nach Paris. Von dort nahm er den Zug über Orléans nach Blois, wo ihn Dreas mit dem Mietwagen abholte. Sie fuhren am Fluss entlang. Dreas war gut gelaunt, er ließ im Autoradio französische Musik laufen, fuhr schnell, sang mit und rauchte Zigaretten: Dreas mit dem kurzen roten Haar, Sonnenbrille, hellblauem Hemd, weißen Hosen, er sagte: Alle sind schon da, du bist der Letzte. Dreas sagte:

Rie, Nille, Aka, Dun, Enning, sie warten im Garten, der große Tisch ist gedeckt, wir wollen essen und trinken und das gute Leben feiern.

Es war ein altes Gästehaus, zweigeschossig, unten zwei große Aufenthaltsräume und die Küche, im Obergeschoss die Schlafzimmer. Ich bekam ein dunkelrotes Zimmer mit einem Bett und einem Schreibtisch. Spiegel und Waschtisch. Nachttisch. Lampe. Eine Glastür zu einer kleinen Terrasse voller Weißdorn und wilden Himbeeren. Die Freunde saßen hinter dem Haus um einen langen Tisch herum. Ich kannte sie alle, bis auf Rie und Aka. Er hielt Abstand zu den beiden Freundinnen, so, wie er zu allen Freunden Abstand hielt. Ich war kein Anhänger von Freundschaft. Er war gern mit dieser Gruppe von Freunden zusammen und beobachtete sie von seiner Terrasse oder seiner Ecke an dem langen Tisch aus, und bei dem täglichen Spaziergang am Fluss blieb er ein paar Schritte hinter den anderen zurück, erst am Abend, wenn sie gegessen und getrunken hatten, wenn sie betrunken waren, gab er den Abstand auf und floss in die warme, weiche Gemeinschaft von Stimmen und Bewegungen ein; sie tanzten nachts unter den Glühbirnen, die in Girlanden zwischen den Obstbäumen im Garten hingen.

Diese Woche mit den Freunden war die schönste, die Ich je erlebt hatte. Jetzt war sie vorbei. Es ging an die Heimreise. Ich hatte keinen Rückflug. Er beschloss, zu Fuß von Blois nach Paris zu gehen, es würde ungefähr eine Woche dauern, er wollte am Fluss entlang und durch die Wälder Richtung Versailles gehen, dann nach Paris. Am letzten Abend beim Essen an dem großen Tisch im Garten fragte er fast im Scherz, ob jemand mitkommen wollte, ob jemand mit ihm nach Paris gehen wollte. Und zu seiner großen Überraschung sagte Aka ja, sie wollte mit ihm nach Paris wandern. Ich bereute seine Lockerheit, seine Sentimentalität sofort. War es für ihn nicht besser, allein zu gehen? Er war verliebt. Auf Abstand verliebt. Er wollte diesen Abstand wahren. Er wollte diese Verliebtheit ersticken; sie würde ohnehin vergehen, wenn sie dieses Haus verließen, wenn jeder nach Hause zurückkehrte; aber jetzt würden sie zusammen nach Paris wandern. War Aka klar, was das bedeutet? Sie würden eine Woche miteinander verbringen, über Land wandern, vielleicht im Freien schlafen, sie würden einander nahekommen.

Am nächsten Morgen fuhr Dreas sie nach Blois zum Bahnhof, und da standen sie plötzlich nebeneinander, die Rucksäcke auf dem Rücken. Aka mit ihren schwarzen, wilden Haaren, dem ungeschminkten Gesicht, den schönen Augen; war da Angst in ihren Augen? Nach einem kurzen zwischen ihnen gewechselten Blick, einem Augenblick, dachte Ich, jetzt annullieren wir diese fürchterliche Wanderung; wir setzen uns in den Zug, ersparen uns das Ganze, verabschieden uns in Paris und gehen beide unserer Wege. Dann brachen sie auf. In Richtung Mer, das war das nächste Dorf, dreiundzwanzig Kilometer. Sie gingen am Fluss entlang. Die Sonne schien. Es war warm. Sie zogen die Jacken aus, gingen in T-Shirt und kurzen Hosen. Sie redeten nicht miteinander, wanderten stumm den Kiesweg entlang am Fluss, der sich glänzend und kühl durch die flache Landschaft mit ihren Getreidefeldern und Wiesen wand, unterbrochen nur von vereinzelten Höfen und Tieren; manchmal Vögeln, schwarzen, sie flogen auf, wie auf einem Gemälde von van Gogh. Aka war Schauspielerin, hatte Philosophie studiert, sie sprach selten über sich selbst. In ihr war Stille. Jetzt ging sie in diese Stille hinein; sie verschwand beinahe darin, dicht neben ihm, das gefiel ihm: dass sie fast für sich ging, allein, sie ging so schön, fand er. Sie kamen an einem Hof vorüber, einem Garten mit Obstbäumen: Ich pflückte zwei Äpfel, ein paar Pflaumen, sie setzten sich in den Schatten unter einer Linde, tranken Wasser. Sie lagen nebeneinander im Gras, ruhten aus. Redeten ein wenig über die Wichtigkeit von Bienen, über die Farben der Schmetterlinge, die Schönheit der wilden Blumen, die Laute der Grashüpfer. Gegen Abend kamen sie nach Mer. Sie fanden ein Hotel namens Felicidad, es gab nur noch ein einziges kleines Zimmer mit einem Doppelbett. Sie schliefen im Dunkeln nebeneinander. Am Morgen frühstückten sie in dem Hotel und gingen dann weiter nach Beaugency. Ein weiterer Tag entlang der Loire. Eine weitere Nacht in einem Hotelzimmer. Ich lag lange wach und dachte darüber nach, wie viele Nächte er es wohl aushalten würde, so neben ihr zu liegen, ohne sie zu berühren. Sie schlief mit dem Rücken zu ihm. Er hatte sie jetzt nackt gesehen; sie war so schön, dass es wehtat, hinter ihr zu liegen, schlaflos, warm. Am Morgen beschlossen sie, den Bus nach Chartres zu nehmen, sie wollten die Kathedrale besichtigen. Wollten ihre schmerzenden Füße ausruhen, die Blasen abtrocknen lassen. Sie kamen in Chartres im Hôtel des Poèmes unter, in einem kleinen blauen Zimmer mit gelben Gardinen. Am Abend gingen sie zur Kathedrale; mit Scheinwerfern wurden Figuren und Farben an die Fassade geworfen; und zum ersten Mal weinten sie zusammen, sie standen vor der Kathedrale und weinten. Sie waren zusammen, ohne zusammen zu sein. Sie waren zusammen, ohne zu lieben, so war es. Sie schliefen und wanderten zusammen, sie aßen und tranken zusammen, sie redeten und lachten zusammen, doch sie rührten einander nicht an, und das war schön, das war schlimm.

Die nächsten drei Tage über gingen sie Richtung Versailles. Sie folgten dem Fluss, bogen dann nordwärts ab, durch Wälder und offenes Ackerland, an Dörfern und kleinen Städtchen vorbei, auf die Großstadt zu, die Hauptstadt, Paris. In Versailles schliefen sie zwei Nächte im Hôtel d'Angleterre, unweit des Schlosses, das sie an einem Samstag besuchten: Ich wanderte durch die Säle des Schlosses von Versailles und betrachtete dabei Aka, die Gemälde und Tapeten betrachtete, Teppiche und Stoffe, Möbel und Betten, Lampen und Spiegel; er betrachtete sie fast so, wie man ein Kunstwerk betrachtet, etwas, das du nicht besitzen kannst. Das du begehrst, aber niemals erwerben kannst. Das du liebst und nicht bekommen kannst; es war fast so, als würde Aka von den Sälen, durch die sie ging, verwandelt, von den Dingen, die sie betrachtete; sie gehörte nicht zu ihm, sondern zu diesem vergoldeten Spiegel, den bunten Stoffen, den kostbaren Betten; all das verlieh ihr eine eigene Schönheit, es war, als wäre er jetzt, in den Sälen von Versailles, in etwas Unerreichbares verliebt. Er verlor sie hier, sie verschwand vor ihm dort in Versailles; zugleich verliebte er sich immer mehr in sie, ja, jetzt liebte er sie; er war dabei, unglücklich zu werden.

An jenem Samstag wollten sie die letzte Etappe angehen, von Versailles nach Paris. Es wurde die schönste Strecke: Die Stadt liegt da wie ein schlafendes Tier, man sieht es nicht, man spürt seine Nähe; ein besonderes Licht am Himmel, ein fernes Summen, und unvermittelt, von einer Anhöhe, sieht man hinter dem Wald und all der Natur, die man nach der einwöchigen Wanderung in den Augen hat: sieht man die Stadt. Man sieht die Stadt wie etwas Beunruhigendes und Schönes in der Ferne. Man sieht die Stadt wie etwas Gefährliches oder Wildes, wie eine andere Form der Natur; das Brutale. Es war, als würden sie sich weigern, von der Anhöhe hinunterzugehen, zur Stadt hinab, zugleich spürten sie die Anziehungskraft der Stadt, dort unten lag sie und erwartete sie.

Bei Sèvres überquerten sie die Seine, gingen zur nächsten Metrostation und fuhren zur Bastille, wo Ich schon öfter im Hôtel Baudin gewohnt hatte; er hatte an dem Fenster des kleinen Hotelzimmers Teile eines Romans geschrieben, das war elf Jahre her, seitdem war er nicht mehr hier gewesen; es war in einem anderen Leben.

Im Laufe eines Lebens stirbt man mehrere Male. Ich konnte sich nicht mal mehr daran erinnern, wer er war, als er Paris zum ersten Mal besuchte. Es gab in ihm mehrere Städte namens Paris; jetzt war die Stadt neu, wie er neben Aka durch die Straßen ging, wie eine Verlängerung von ihr, es war, als läge die Stadt im Schatten ihres Rückens und ihres Haares.

Abends aßen sie im Chez Paul, ganz nah neben dem Hotel. Sie saßen an einem kleinen Tisch vor dem Restaurant, auf dem Bürgersteig, zwischen anderen Tischen eingeklemmt, zwischen Parisern, die aßen und tranken; Aka in ihrer schwarzen Jacke, weiter schwarzer Hose, das lange dunkle Haare zum Pferdeschwanz gebunden. Sie aßen saftige Steaks und tranken zwei Flaschen Wein. Im Bett, nachts, streckte Aka die Hand nach ihm aus, berührte ihn leicht, es war das erste Mal.

Am Sonntag gingen sie in die Fotoausstellung im Jeu de Paume: »La vie folle«, eine fotografische Sammlung von Ed van der Elsken. Sie fuhren mit der Metro zur Place de la Concorde, standen an und kauften Karten zu der Ausstellung, auf die keiner von beiden vorbereitet war; sie kannten van der Elskens Arbeiten nicht. Es handelte sich hauptsächlich um Schwarz-Weiß-Fotos, sie hingen in hellen Räumen. Sie gingen jeder für sich: Ich wollte seine Gefühle nicht mit Akas mischen, wollte seine Einsamkeit nicht mit ihrer teilen, doch je länger er die Bilder, die Fotos von liebenden Paaren sah, von den ausgesetzten Liebespaaren im nächtlichen Amsterdam und Paris; Obdachlose, Prostituierte, Künstler und Vagabunden, tanzende Männer und Frauen, Liebende, die nachts lebten und tranken; je länger er diese Fotos ansah, desto stärker verspürte er

Sehnsucht nach Aka, die dort zwischen den Bildern umherging; er konnte sie nicht mehr von den auf den Bildern Gezeigten auseinanderhalten, den Liebenden, und er wollte nur noch leben wie sie, mit Aka; waren sie und er nicht schon wie die Fotografierten, hatten sie nicht dieselben Gesichter, und waren sie nicht schon ein Paar, ein van-der-Elsken-Paar? Irgendwann ging er zu Aka hinüber und küsste sie in den Nacken. Sah sie dasselbe, was auch er sah? Sie drehte sich um und küsste ihn auf den Mund. Sie küssten sich. Sie standen zwischen den Bildern der Liebenden und küssten sich. Die Fotografien hatten den Kuss ausgelöst, machten sie zu Liebenden, sie wurden zu Liebenden vor den Bildern der Liebenden; es war, als würde eine Welt sich öffnen in den Sälen mit den Fotos, eine Möglichkeitswelt, alles war möglich, auch die Liebe, immer, überall.

Ich hatte den Glauben an eine neue Liebe verloren, er wünschte sich auch keine; hier in den Ausstellungsräumen, zwischen den Elsken-Fotos, hinter dem Rücken von Aka, die sich unvermittelt umdrehte und ihn küsste, traf ihn etwas Unerwartetes, blitzartig, oder wie das Aufscheinen eines Blitzes, als träfe das Licht der Fotos seine Augen und belichtete ein inneres Bild, ein Bild von Aka und ihm als Liebende, als Liebespaar; ihn erfüllte Liebessehnsucht.

Die Fotos von Bettlern und armen Menschen, die nichts hatten, sie hatten Liebe.

Aka und Ich verließen die Ausstellung, wanderten durch die Straßen von Paris, streiften ziellos durch die Stadt wie Obdachlose, Arme, als wären sie jetzt Liebende. Sie gingen an der Seine entlang, unter den Brücken hindurch, betraten ein Restaurantschiff, wo sie aßen und Wein tranken. Die Sonne ging hinter Notre-Dame unter. Es war ihnen kalt, sie nahmen ein Taxi ins Hotel. Saßen nebeneinander auf der Rückbank, die Straßenlaternen gingen an. Im Hotelzimmer, hinter zugezogenen Gardinen, liebten sie sich im gedämpften Licht der Stadt.

Am nächsten Morgen brachte Ich Aka zum Bahnhof, sie wollte zum Flugplatz, nach Hause fliegen. Als sie die Rolltreppe hinunterfuhr, war es, als verschwände sie für immer und ewig: Ich konnte sich nicht von dem Gedanken befreien, er werde sie womöglich nie wiedersehen. Er liebte. Er liebte Aka. Das war passiert. Er ging von der Gare d'Austerlitz zur Bastille zurück ins Hôtel Baudin und blieb dort zwei Tage lang im Bett liegen. Er war krank. Krank vor Liebe. Es war eine gute Krankheit, sie gab ihm Lust zu leben. Vielleicht war das der rechte Augenblick zum Sterben, da er so glücklich war wie möglich, da er gesteigerte Lust zu leben hatte? Sollte er hier Schluss machen, in dem Pariser Hotelzimmer? Das wäre ein romantischer Tod, absolut schön. Ein kurzer Brief auf dem Schreibtisch. Der Brief an Aka. Ein Liebesbrief. Mit Anzug und Stiefeln im Bett liegen. Für eine letzte Wanderung gekleidet. Wie immer hatte Ich das Glas mit Schlaftabletten in Reichweite, in seiner Toilettentasche; er ging ins Badezimmer. Betrachtete sich im Spiegel. Er wirkte jünger. Die Sonne, die Wanderung von der Loire her hatten ihm eine frischere Gesichtsfarbe verliehen. Er schluckt eine Schlaftablette, fast als Vorgeschmack, und trank ein Glas Wasser. Dann legte er sich wieder ins Bett. Nach einigen grauenhaften Stunden voller quälender Zweifel schlief er endlich ein, Akas Bettdecke in den Armen.

Am Mittwoch flog Ich von Paris nach Berlin, wo er am Hauptbahnhof übernachtete, um am nächsten Tag über Hamburg nach Kopenhagen zu fahren. Er saß gern im Zug, machte sich in einem Buch Notizen, las eine Zeitung, trank Weinflaschen aus und aß, schlief am Fenster, das so behaglich an einförmigen Landschaften entlangzog; wovon träumte er? In Hamburg wurde der Waggon plötzlich von einer Menschenmenge geentert, Frauen und Männer, weinende Kinder. Sie strömten herein und füllten den Wagen ganz und gar; sie drängten sich dicht. Das Wort Flüchtlinge war zu hören. Ein Strom von

Flüchtlingen. Ich saß zwischen einer Familie und all deren Habseligkeiten eingeklemmt, Säcken und Tüten, Taschen und Koffern, die den Wagen mit dem Geruch von Verzweiflung und Flucht füllten: nach nur wenigen Minuten war der friedliche Wagen in einen Kriegsschauplatz verwandelt; man saß zwischen Menschen, die dem Krieg entronnen waren. Die gesehen hatten, wie ihre Häuser in Schutt und Asche gelegt wurden. Die ihre Nächsten hatten sterben sehen. Ich saß zwischen Menschen eingeklemmt, die vor dem Tod geflohen waren. Sie reisten dem Tod davon. Er reiste dem Tod entgegen. Ich saß zwischen Menschen eingeklemmt, die leben wollten, die alles für diesen einen Wunsch aufgegeben hatten; zu leben. Diese Passagiere besaßen nichts mehr, abgesehen von ihrem Leben. Dem teuren Leben. Ich saß zwischen den Flüchtlingen und fuhr in die entgegengesetzte Richtung; dem Tod entgegen, dem selbst gewählten Tod. Schämt er sich nicht? Er hatte alles, ein Dach über dem Kopf, eine Geliebte, Arbeit. Nein, er schämte sich nicht. Einige Stunden lang, im Eisenbahnwaggon zwischen Hamburg und Kopenhagen, zwischen den Flüchtlingen eingeklemmt, verspürte er einen starken Wunsch zu leben. Diese Menschen hatten den Tod hinter sich, er hatte den Tod vor sich, und diese Nähe zum Tod weckte in ihm den Wunsch zu leben, brachte ihn dazu zu sehen und zu fühlen:

Er sah die Menschen um sich herum, spürte unmittelbar ihre Verzweiflung und Hoffnungslosigkeit; er wollte ihnen gern helfen, und während der Fahrt keimte in ihm der Gedanke, er solle der Familie um ihn herum sein Haus anbieten. Sollte er das tun? Vater und Mutter, zwei kleine Mädchen, sie brauchten all das, was er verlassen wollte, ein Heim. Ich legte sich die Worte zurecht, übte die Sätze ein, erwog sie in Gedanken vor und zurück; als der Zug sich Kopenhagen näherte, war er regelrecht erschöpft, aber er brachte es nicht heraus: Ihr seid in meinem Zuhause willkommen. Er wollte es gern sagen. Er brachte die Worte nicht heraus, etwas in ihm hielt sie zurück, als wären sie eingesperrt, in einer Angst? Wovor hatte er Angst? Ich betrachtete die beiden kleinen Mädchen. Das waren auch seine Mädchen, seine Verantwortung, sie saßen da direkt vor ihm, sie brauchten Hilfe. Ich konnte ihnen helfen. Aber er tat es nicht. Er saß stumm da. Er brauchte ein Haus, um darin zu sterben. War sein Tod wichtiger als ihr Leben? Das Leben der Familie, die Zukunft der Mädchen? Nein. Aber in ihm wohnte eine Angst, das entdeckte er jetzt, unterwegs im Zug nach Kopenhagen: Er fürchtete nicht den Tod, er fürchtete das Leben.

In Kopenhagen besuchte Ich seinen Freund Karel. Karel war aus Bergen weggezogen und hatte eine

Wohnung in der Viktoriagade gemietet. Eine Eckwohnung in der obersten Etage eines Mietshauses, mit Aussicht auf die alten Fleischhauerläden im Szeneviertel Vesterbro: Karel hatte die Wohnung mit Büchern und Lampen angefüllt. Er war ein lesender Mensch. Und ein schreibender. Karel hatte sein Leben dem Lesen und Schreiben geweiht. Er lebte allein. Die Wohnung war von klösterlicher Zurückgezogenheit geprägt; eine kleine Klosterzelle mitten in der Stadt; Karel lebte im Zölibat. Er meinte, dieses Leben schenke ihm eine eigene Ruhe und Konzentration; er verwendete seine Zeit und seine Kräfte auf die Arbeit; er schrieb an einem Buch über Franz von Assisi. Die in Einsamkeit verlebten Jahre hatten Karel eine durchgeistigte Ausstrahlung verliehen, er war blass geworden, fast durchsichtig, als ob seine weiße Haut eine dünne Membran wäre, kontinuierlich von Toten und Lebenden durchströmt, er lebte wie ein Gespenst unter Gespenstern; er schien kein bestimmbares Alter erreicht zu haben. Sein langes, helles Haar wellte sich in Locken, er war ein schöner Mann, er ähnelte einer Frau.

Karel verfasste seine Manuskripte von Hand. Er schrieb mit Bleistift, eine dünne, fast nicht mehr lesbare Handschrift; winzig kleine Buchstaben, zu Sätzen zusammengedrängt wie zu Wellen in einer Art Wasserschrift: Man sollte lesen und vergessen, sagte Karel. Er redete leise, wie ein Sänger, der mit den Jahren seine Stimme so weit vervollkommnet hat, dass er nur die wichtigsten Stellen einer Melodie betont: Man hörte nur Bruchstücke von dem, was er sagte, einzelne Worte wurden in dem tiefen Brummen und Murmeln vernehmbar; er redete nicht, er sang. Karel sang. Ich musste sich konzentrieren, um nicht einzuschlafen. Er wurde von fremden Worten geweckt, auf Deutsch oder Französisch, manche auf Spanisch und Holländisch: Karel war auf einer Reise, und jetzt befanden sich die beiden Freunde in einem Traum von Amsterdam: die Grachten ... das Licht ... Pfützen ... die Wolken ... die Tauben ... das Grau ... die guten Stiefel ... Ertrinken ... Türen ... Gehör ... an einem anderen Ort ... Stille ... grauer ... die Schritte ... Vögel und Kinder ... Verstecke ... Treppenstufen ... die Stimmen ... die Bäume ... die Schatten ... Sonnenlicht ... das Gesicht ... Schneefall ... Hochzeit ... alle Zeiten ... unter Wasser.

Ich wachte auf und wollte Karel von seinem Beschluss berichten, aber Karel kam ihm zuvor, er erzählte ihm, dass er krank war. Den Namen seiner Krankheit wollte Karel nicht nennen, er hatte zu Namen kein Zutrauen, sagte er; sie lassen mehr erstarren, als dass sie benennen, wir haben so viele Namen; ich heiße glücklich und traurig, an einem Tag heiße ich der glückliche Mann, an einem anderen Karel und wieder an einem anderen Tag ist der Name weg.

Auch die Krankheit wird verschwinden, sagte er.
Ich könnte die Krankheit Leben nennen.
Ich könnte die Krankheit Liebe nennen.
Ich könnte die Krankheit Karel nennen.
Die Namen sind es, die uns das Leben
wegnehmen, sagte Karel zu Ich.

Die beiden Freunde frühstückten miteinander, dann brachte Karel Ich zur Tür: Ich gehe möglichst nicht raus, sagte er. Ich mache meine Reisen in der Wohnung. Das Essen lasse ich mir liefern. Ich habe ein gutes Bett. Ich erinnere mich und vergesse mit derselben Neugier. Der Schlaf ist ein weites Feld. Die Krankheit hat mich gelehrt, das Leben zu lieben. Das einfache, stille Leben. Zuvor war ich müde, jetzt bin ich wach. Ich habe keinen größeren Wunsch als zu leben, sagte Karel, und er küsste Ich auf den Mund.

Ich nahm die S-Bahn vom Hauptbahnhof zum Nordhafen und ging die beiden letzten Kilometer zur Anlegestelle des Schiffes, das nach Oslo fuhr. Er bekam eine Kajüte ganz unten im Schiffsbauch. Er saß an Deck und verfolgte die Ausfahrt aus Kopenhagen. Er trank einen Gin Tonic. Er rauchte eine Zigarette.

Er las ein wenig in einem Roman. Er aß in dem italienischen Restaurant. Er wurde von einem Mann gestört, der ihn ansprach, als wären sie alte Bekannte. Er wusste nicht, wer dieser Mann war. Alfdan, sagte der Mann, aber das half nicht weiter, der Name sagte Ich nichts. Er ging aufs Seitendeck raus zu den Rettungsbooten, um eine Zigarette zu rauchen, aber er musste sie sofort wieder löschen und hineingehen: an der Reling stehend, verspürte er unvermittelt einen heftigen Sog auf das Wasser zu, einen kräftigen Impuls, sich in das kalte dunkle Wasser zu werfen. In der schäumenden See verschwinden. Er musste die Zigarette löschen und machte fast einen Satz einen halben Meter zurück, von der Reling und dem Sog weg, dann ging er schnell zurück in das Restaurant, trank ein Glas Grappa und beglich die Rechnung. Er ging zum Heck des Schiffs, zur Bar und zur Diskothek. Er bestellte einen Whisky, setzte sich an einen Tisch, von dem aus er die Band und die Tanzenden sehen konnte. Er betrachtete gern die Tanzenden. Er genoss die lärmende Tanzmusik. Sie spielten Abba. Smokie. Dr. Hook. Er mochte diese Musik. Er betrachtete die Band, drei Männer und zwei Frauen. Er studierte die Schuhe und Füße der Tanzenden; ihre Fußarbeit, die Bewegungen der Füße über den Boden, im Rhythmus von Bass und Drums. Ich war einmal Boxer gewesen. In einem anderen Leben. Wie viele

Leben leben wir? Ich bin nicht derselbe, der ich damals war, zwischen uns liegen mindestens drei oder vier Personen, dachte Ich. Er bestellte noch einen Drink bei dem Kellner, der zwischen den Tischen einherging. Ich war glücklich an Bord dieses Schiffs. Er freute sich darauf, ganz unten im Schiff zu schlafen, in der fensterlosen Kajüte; den Motor schlagen hören wie ein Herz, im Dunkeln; das sachte Schaukeln, in Embryonalstellung zusammengekauert.

In Oslo wollte Ich Vali besuchen. Er wollte sie ein letztes Mal sehen. Wollte sie ihn auch sehen? Er schickte ihr eine Nachricht vom Mobiltelefon: Bin in Oslo. Würde dich gern treffen. Geht das? Ich frühstückte auf dem Schiff. Vom Fenster des Speisesaals aus verfolgte er die Einfahrt in die Stadt. Er wollte mit dem Nachtzug nach Bergen fahren. Er hatte also den ganzen Tag und den Abend zur Verfügung: Zum letzten Mal Oslo, zum letzten Mal Vali, dachte er. Doch dann antwortete sie: Wohne jetzt in Paris. In Montmartre. Sie waren zur selben Zeit in Paris gewesen. Sie war dort durch die Straßen gegangen, er war dort durch die Straßen gegangen, mit Aka. Und wenn sie sich begegnet wären? War das für ihn nicht die schlimmste Vorstellung gewesen: sie eines Tages zusammen mit einem anderen sehen zu müssen! Oder dass sie ihn eines Tages mit einer anderen sehen müsste! Beide Vorstellungen waren das Schrecklichste, was er sich denken konnte, eine so grauenhafte wie die andere: Er mit einer anderen, sie mit einem anderen; jedes Mal, wenn er das dachte, und das geschah allzu oft, versetzte es ihm einen solchen Stich, dass er kurz davor war, die Besinnung zu verlieren, er bekam keine Luft mehr, der Gedanke war wirklich ein Dolchstoß im Herzen, es tat so weh, dass er staunte, wie viel Schmerzen ein Gedanke verursachen konnte: Ob ein Schmerz Herz und Seele so sehr zu treffen vermochte, dass es tödlich war? Jedes Mal, wenn er an Vali dachte, starb er ein wenig, er war ein Sterbender. Und er war überzeugt, sollte er tatsächlich eines Tages Vali zusammen mit einem anderen sehen, er würde auf der Straße umfallen.

Herzschlag? Hirnschlag? Ein Schlag in die Seele, tödlich?

Wovon sterben wir? Ichs Tod hatte einen Namen, er hieß Vali.

Ich wollte Vali in Oslo treffen, sie war in Paris. Vor wenigen Tagen war er dort durch die Straßen gegangen, mit Aka. Möglicherweise hatten ihre Wege sich gekreuzt, jeder auf seiner Straßenseite, in entgegengesetzten Richtungen, in Paris? War er unterwegs zu einem neuen Leben? Kann man zweimal lieben? Ich glaubte das nicht, dennoch wanderte er zusammen mit Aka durch Paris, sie hielten einander im Arm, gingen in ein Restaurant in Montmartre, saßen an einem Tisch auf dem Bürgersteig, auf der Anhöhe, mit Aussicht über die Stadt, sie küssten sich, waren glücklich, gingen ineinander auf; gleichzeitig ging Vali auf der anderen Straßenseite nach Hause: Ich sah sie nicht.

Ich ging im Hafen von Oslo am Wasser entlang, Richtung Stadtzentrum: Was sollte er dort? Nichts sollte er dort. Ich konnte den Gedanken an Museen, Kunst oder Konzerte nicht ertragen, an Theater oder Kino, auch nicht an Buchläden oder Verlage, nicht an Freunde oder Vergangenheit; alles, was er sonst eher in Oslo zu tun pflegte, war für ihn gestorben. Vali war Oslo, und Vali war fort, sie war in Paris.

Sie hatten einander in Paris verpasst.

Ich verschmolz in Oslo mit der Menschenmenge, hier war er niemand. Er war niemand und wollte nach Hause. Er ging zum Hauptbahnhof, kaufte eine Fahrkarte und ein paar Zeitungen, saß in der Bahnhofshalle in einem Café und wartete auf den nächsten Zug heimwärts.

Ich setzte sich in den Speisewagen, bestellte zwei halbe Flaschen Wein und schrieb in seinen Notizbüchern: Während einer Zugreise einen Roman schreiben, die Reise erst beenden, wenn das Buch fertig ist. Der Titel des Romans. Das letzte Buch. Oder

Der glückliche Mann. Er liebt es zu verschwinden. Er hat das Verschwinden zu einer Kunstform erhoben. Wie ein Zauberkünstler. Der Trick besteht in seinem Verschwinden. Der alte Traum davon, unsichtbar zu werden. Am nächsten kommst du der Unsichtbarkeit, indem du reist. Der Reisende ist niemand. Wer reist, bewegt sich immer (ohne es zu wissen) in etwas, das der letzten Reise ähnelt: Du näherst dich einer unbekannten Landschaft, überquerst den Fluss, und auf einmal weißt du nicht mehr, wer du bist. Das Vergessen wird vollständig sein. Du erinnerst dich nicht mehr daran, dass du gelebt hast, ebenso wenig weißt du, dass du tot bist. Es muss sein, wie endlich anzukommen, heimzukehren ins Nichts.

Ich war unterwegs nach Hause, zu was? zu welchem Ort? zu wem? Er trank Wein und spürte, wie wirksam der Rausch der Geschwindigkeit des Reisens begegnete, als würde er den Zug verlangsamen, sein Tempo geradezu aufheben; reglos saß er in allem, das in Veränderung war: der Landschaft, die vorüberglitt und sich etwas Heimatlichem näherte; er hatte keine Lust auszusteigen. Sollte er gleich mit dem Nachtzug zurück nach Oslo fahren? Die Reise verlängern? Er bestellte noch eine Flasche Wein. Der Rausch kam für ihn immer einer Art Glück am nächsten, einer Art Vergessen, einer Art Nähe zum Hier und Jetzt, kurzlebig, und unecht, kein echtes

Glück, kein echtes Vergessen, keine echte Nähe, der Rausch war falsch, und er liebte die Falschheit des Rausches; er wäre gern unablässig berauscht gewesen. Der Zug war schon in Arna. Noch ein Tunnel, und sie waren in Bergen. Es war acht Uhr. Er stieg aus, ging rasch durch die Straßen zur nächsten Kneipe. Setzte sich an einen Tisch draußen und bestellte ein Glas Wein. Er rauchte drei Zigaretten. Dann ging er weiter durch die Stadt, an der Brygge entlang und bergauf zur Øvregate, wo er an Akas Tür klingelte, sie öffnete.

Ich war verliebt, und er wollte die Verliebtheit mit in den Tod nehmen. Er hielt das für einen schönen Gedanken: Vom Besten im Leben fortsterben. Wollte er nicht mit Aka leben? Er wollte mit Aka leben, aber sein Beschluss war gefasst; er lebte jetzt nach diesem Beschluss, dank seiner lebte er stärker, er hatte das Leben zurückerhalten durch den Tod. Der Tod hatte ihm die beste Zeit geschenkt, die er je erlebt hatte, und der Tod schenkte ihm weiterhin Tage, die mit voller Kraft kamen; er verdankte dem Tod seinen Tod. Da gab es kein Getrickse. Er wollte mit Aka leben, unbedingt, jeden Tag, jeden Morgen und Abend, jede einzelne Nacht. Er berichtete ihr nicht von seinem Beschluss. Das war sein Geheimnis. Der Tod schenkte ihm ein neues Leben, ein neues

Alter, er war jünger unter dem drohenden Tod, als würde ihm das drohende Ende einen neuen Anfang schenken.

Eines Morgens sagte Aka, sie sei vielleicht schwanger. Sie lagen in Akas kleinem Schlafzimmer in der Stadt im Bett, und sie fragte ihn, ob er gerne ein Kind hätte, wollte er gerne mit ihr zusammen eins haben? Was sollte er sagen? Er sagte ja. Vielleicht kam seine Antwort zu schnell, sie sah ihn zweifelnd an, und er antwortete ja. Er sagte ja, ich liebe dich und ja, ich will ein Kind mit dir. Vielleicht sagte er zu oft ja. Glaubte sie ihm nicht? Er sagte ja und ja und ja, ich will, Aka, ja. Sie fing an zu weinen. Du nicht?, fragte er. Ich weiß nicht, sagte sie. Jetzt hielt sie sein Leben in der Hand. Sie sagte: Ich weiß nicht. Es war, als hinge er an einem Seil, und das Seil würde entweder halten oder nachgeben; er hing in der leeren Luft, weder tot noch lebendig. Baumelte im leeren Raum, in diesem Ich-weiß-nicht-Raum, er musste selbst die Schlinge um seinen Hals zuziehen oder lösen, er sagte: Ja, ich will, Aka. Erst musst du wollen, sagte sie, und dann denke ich genauer nach, für uns beide, sagte sie. Die Entscheidung lag bei ihr, über das Kind und über ihn; zwei Leben hingen von ihr ab. Ohne es zu wissen, dachte sie für drei. Sie dachte für eine Zukunft voller Leben. Voller Möglichkeiten. Dieses Zukunftskind. Das einen Vater zur Welt bringen sollte. Wollte sie das? Sie war nicht sicher. Sie war dreiunddreißig Jahre alt. Hatte ihre Ausbildung noch nicht fertig. Sie wollte so viel. Aka war DJane, Schauspielerin, Musikerin, Dichterin, wollte sie das? Sie hatte so viele Talente, dass es schwierig war, auf nur eines davon alles zu setzen, und warum sollte sie das auch tun; sie arbeitete an einem Gedichtband, produzierte Theaterstücke, komponierte Songs, legte nachts in Clubs auf, sie lebte das eine Leben am Tage und ein anderes in der Nacht, oder war es dasselbe Leben: Ich wurde nicht klug aus Aka, er, der nur eines konnte und glaubte, Talent sei ein Hindernis, wenn man etwas von Wert schaffen wolle. Ich war voller Vorurteile. Aka war voller Leben. Außerdem war sie hübsch. Sie konnte haben, wen sie wollte. So viele konnte sie haben; warum sollte sie sich da für einen entscheiden, sie, die sich nicht gern entschied, und warum sollte sie mit Ich, der niemand war, ein Kind bekommen. Aka musste eine Entscheidung treffen. Sie war zur Entscheidung gezwungen. Ich hatte noch neun Monate zu leben oder ein ganzes Leben lang.

Aka sagte: Juni ist ein schöner Name. Sie blüht und wächst. Du sagst, du liebst mein Haar. Schneid es ab. Schneid mich auf. Du stichst mir in die Augen. Wir gehören zur großen Familie. Ich liebe dich, Ich. Du tust mir weh. Das tut mir gut. Ich will allein sein.

Manchmal will ich mit dir sein. Manchmal möchte ich viele Menschen um mich herum haben. Ich muss tanzen. Ich muss geliebt werden. Kannst du mich für zwei lieben? Der Geruch von Jeans. Mit der Hand über eine Hemdbrust streichen. Zwischen Körpern eingeklemmt sein. Nicht weg können. Gehalten werden. Ich muss gehalten werden. Wenn du mich loslässt, bin ich weg. Ich gehöre niemandem. Ich gehöre allen. Kannst du das lieben? Ich weiß nicht, wer ich bin. Ich bin Aka. Ich gehöre meinem Namen. Nicht ich habe mir diesen Namen gegeben, ich habe versucht, mich davon zu befreien, von diesem Namen, vom Begehren. Ich wollte ins Kloster gehen. Kein Witz, ich wollte eine andere werden. Ich weiß nicht, wer ich werden wollte. Vielleicht wollte ich mich selbst bestrafen. Ich wartete auf einen Zusammenbruch. Ich stellte mir eine Offenbarung vor. Ich wollte die Welt ohne Körper sehen. Erbaute mir ein inneres Kloster und zog dort ein. Der Zusammenbruch kam. Das ist das Schlimmste und Wertvollste, was ich je erlebt habe. Es wurde dunkel. Wie wenn man das Licht löscht; du musst lernen, im Dunkeln zu sehen. Du musst lernen, neu zu sehen. Ich zog nach Italien. Das Licht kam zurück. Die Liebe kam. Langsam öffnete sich die Welt, und ich konnte sie sehen, ich wanderte durch Rom und sah: die Kirchen, die Gemälde, die Bäume, die Schwalben, den

Fluss, die Brücken, die Gesichter, die Kleider und meinen Mann; ich sah ihn. Ich liebte. Nicht nur ihn, sondern unser Leben, unser Essen, den Wein und unsere Freunde, die Orte, an die wir gingen, die Musik, die Theaterstücke, die langen Abende in der Stadt und die Tage zu Hause, Tage mit Büchern und Fernsehen und Ruhe. Tage voller Sonne und Wärme, am Meer, am Strand; ich liebte das einfache Leben. Ich war glücklich und reiste nach Hause. Ich bin nicht dafür gemacht, glücklich zu sein, ich muss arbeiten, mich bemühen, ich brauche Herausforderungen und Schwierigkeiten, ich brauche Widerstand, ein härteres Klima, das ist notwendig dafür, dass ich mich ausdrücken, etwas Wertvolles erschaffen kann. Ich musste einen Ort finden, der meine Arbeit erlösen konnte; ein Buch, ein Theaterstück, Musik; ich wollte etwas ganz Eigenes schaffen, das meine Stimme hatte, meine Sprache, meine Signatur. Das Aka ist, das ich ist. Ich reiste nach Hause. Meinen Ort habe ich noch nicht gefunden. Meine Arbeit habe ich noch nicht getan. Ich schwebe. Ich habe nicht genug Geld. Ich habe nicht genug Ruhe und Konzentration. Ich mache zu viel, mal hier, mal dort. Es ist, als wäre ich in lauter Einzelteile aufgeteilt, eine Hand dort, eine Hand hier, ein Mund dort, ein Ohr, die Augen ganz woanders; ich möchte das alles zu einem Körper zusammenfügen, es neu zusammensetzen, wie wenn man eine Puppe zusammennäht; all meine gebrauchten Körperteile zu einem neuen Körper zusammennähen: Ihm Leben einhauchen, ihm Liebe einhauchen, und bitte, da hast du mich! Ich kann kein Kind kriegen. Es ist zu früh. Ich bin nicht bereit. Der Körper ist zusammengenäht, aber noch nicht zusammengewachsen, alles ist noch voller Stiche und Nähte und Wunden, er ist nicht reif. Ich bin eher eine Tochter denn eine Mutter. Und du könntest mein Vater sein.

Aka und Ich liebten sich. Sie liebten sich morgens und sie liebten sich nachts, draußen und drinnen. Sie liebten sich auf Toiletten und in Hinterhöfen, auf Parkplätzen und im Auto: Aka fuhr mit Basecap und Sonnenbrille, sie trug Sportkleidung und sie fuhr schnell, zwang das Auto zum Äußersten und schnitt die Kurven, gab Gas und schaltete wie eine Rennfahrerin, sie vollführte Überholmanöver, steuerte auf die Gegenfahrbahn und schaltete herunter, gab Gas und zog an Lastkraftwagen und Bussen vorbei; manchmal dachte Ich, so sterben wir also jetzt, wir sterben zusammen, Aka und ich. Aka fuhr schnell, und Ich feuerte sie an; gib Gas, rief er. Überhol, rief er. Überhol die Schnecke, dies Nashorn von einem Auto, überhol den Hasen, den Fuchs, die Giraffe und den Löwen und den Leoparden; sie gaben

Autos und Lkw Tiernamen und überholten sie mit ihrem Geparden, einem alten Saab. Nicht immer überleben die Stärksten, sagte Aka. Die Wildesten leben am besten. Wir werden nie zusammen alt werden, sagte sie. Magst du Bob Dylan? Das ist lahme Schildkrötenmusik, sagte sie. Wir brauchen was Schnelleres, Musik voll Tempo und Revolution, sagte sie. Zieh dir die Hosen runter, sagte sie. Dann macht das Auto mehr Tempo. Ich habe soooo Lust auf dich, sagte sie. Sie fuhren nach Førde. Die E39, die neue Fahrbahn; so frisch und jungfräulich asphaltiert, so schwarz und glattrasiert, sagte Aka. Und diese jungen Tunnel, so offen und feucht, sie tropfen, sagte Aka. Bist du schon mal eine schönere Straße gefahren, so weiche Kurven und Kehren, wir crashen hier, sagte sie und zog das Auto von der Fahrbahn weg, auf einen Rastplatz. Ein schwungvoller Unfall, es gibt keine bessere Art zu sterben, willst du mit mir sterben?, fragte Aka. Damit macht man keine Scherze, sagte Ich. Er zog Aka das weiße Tennishemd aus. Schob ihr den Rock hoch. Sonnenbrille und Basecap behielt sie an. Es soll ruhig so aussehen, als würden wir uns prügeln, sagte sie. Ich schlage dich mit dem Tennisschläger. Du schlägst mich mit dem Golfschläger. Wir sind Upper Class, rief sie. Wir schwimmen in Luxus und Geld, im Überfluss!

Zu anderen Gelegenheiten waren sie arm. Gekleidet wie Obdachlose. Sie gingen die Straße entlang, am Straßenrand. Sie trampten. Aka hielt den Daumen raus. Manchmal zeigte sie den Mittelfinger. Nur selten nahm sie jemand mit. Auf dem Rücken trug Aka an ledernen Schulterriemen ein Akkordeon. Auf dem Kopf einen Strohhut. Dazu eine zu große grüne Herrenanzugjacke ohne Knöpfe. Hellblaue Schlaghosen. Ledersandalen. Sie hatten ihr Auto in Sande bei Freunden abgestellt und gingen nach Førde zum Volksmusikfestival. In Ichs Rucksack waren Schlafsäcke und Proviant. Wasser- und Weinflaschen. Sie wollten Musik hören. Sie wollten im Freien schlafen. Sie wollten für ein paar Tage wie Landstreicher leben, wie fahrendes Volk. Das war eine Art Theater, eine Wandervorstellung, inszeniert von Aka; ihr gefiel der Gedanke, für eine Weile als Schauspielerin zu leben: Manches im Leben ist echt und manches ist unecht, beides ist nicht leicht zu unterscheiden, sagte sie. Manchmal bestimmst du über mein Leben, manchmal ich über deines, so ist es in allen Beziehungen; und jetzt musst du dich darin üben, zu tun, was ich sage, sagte sie. Es ist schwierig, wenn man reich ist, wenn man zu viel Geld hat, und arm zu sein ist noch schwieriger. Es ist schwierig, um etwas zu bitten. Es ist schwierig zu betteln. Ich werde dich lehren zu betteln, sagte sie. Ich werde dich lehren, demütig zu sein. Du bist zu sehr von dir überzeugt, hast dich so sicher und komfortabel in deinem Leben eingerichtet, sagte sie. Ich werde Akkordeon spielen, du singst. Wir werden um Geld bitten. Wenn du dich an die Liedtexte nicht erinnerst, musst du sie unterwegs neu erfinden. Du bist Dichter. Ich bin Musikerin. Wir sind voneinander abhängig. Wir haben kein Geld. Du musst lernen zu improvisieren. Bei dir ist alles so festgelegt und unrhythmisch, sagte Aka zu Ich am Straßenrand, unterwegs nach Førde. So ein kontrolliertes Gewohnheitsstier, du arbeitest in einer Art Zwang, einem Gewohnheitszwang, sagte Aka. Du machst gute Arbeit, aber es gibt etwas Wichtigeres als gute Arbeit, nämlich das, was du nicht kontrollieren und dir ausdenken kannst, dasjenige, was im Unbekannten, im Fremden entsteht: Wir müssen Fremde werden. Auch für uns selbst. Wir müssen Fremde werden, um etwas Neues hervorbringen zu können, eine neue Arbeit, eine neue Beziehung, eine andere Lebensweise, ich erwarte etwas Neues von dir, mehr nicht, sagte Aka.

Das ist gar nicht so wenig, sagte Ich. Er fürchtete sich davor, in Førde auf der Straße zu stehen und zu singen. Das sagte er ihr. Ich hasse Jazz, sagte er. Ich weiß, sagte sie. Ich leihe dir meinen Hut und die Sonnenbrille, dann trinken wir Wein, und die Lieder und Verse werden uns zuströmen, sagte sie. Aka. Die so still gewesen war, so stumm. Sie hatte sich ihm geöffnet, und jetzt war sie voller Worte. Voller Einfälle und Leben. Leben, das Ichs Tod störte. Er liebte es, von Aka gestört zu werden. Aber konnte er sie verlassen, und wie? Die Autos sausten vorüber. Lkw und Lastkraftzüge. Busse und Tieflader. Die Straße ist für den Fahrenden etwas anderes als für den Gehenden. Für den Fahrenden ist die Straße schön. Für den Gehenden ist die Straße hart. Der kleinste Fehltritt, ein Schwanken oder Stolpern, und schon wird man von einem rasenden Metallpanzer umgemäht und zerschmettert; von einer unmenschlichen Kraft, gelenkt von etwas Menschenähnlichem am Steuer: ein Gesicht, zwei Hände, Füße, Gaspedal und Lenker, ein Körper und doch nicht ein ganzer Mensch, eher stückweise und geteilt, etwas Zusammengesetztes, halb Mensch, halb Maschine in einem mechanischen Körper, der einen anderen zerstört, wie wenn ein Tier ein anderes in Stücke reißt, nein, das ist nicht dasselbe, wie wenn etwas Nichttierisches und Nichtschuldiges etwas Schuldiges in Stücke reißt: Wer da stolpert oder einen Schritt auf die Fahrbahn tut, wird von etwas Glänzendem zerschmettert und zerstört, und er ist selbst schuld. Wer sterben wird, ist der Schuldige. Er liegt da, zerschmettert, und ist an seinem Tod schuld. Wer fährt, ist unschuldig. Oder ersie hat nur einen Teil Schuld, so, wie ersie auch ein Teil ist, Teil von etwas Größerem, von etwas Kleinerem, ein Teilchen von vielen in einer Maschinerie, einer Maschinerie aus Brutalität, aus Kraft und Unschuld. Dieser unbekannte und mögliche Tod, in Unschuld und Schuld gepanzert, da fährt ersie vorbei, dachte Ich, während er über den Asphalt wanderte, am Straßenrand in Richtung Førde. Nur ein Schritt nach links, und er würde von hinten überfahren. Ein Schritt nach links, und er würde Aka verlassen. Glücklich. Unwissend über alles, was nicht kommen würde. Was nicht sein würde. Was ohnehin unmöglich war. Das Unmögliche. Das Neue. Das, was Aka von ihm erwartete. Dies war möglich. Nur ein Schritt weg. Ein Schritt weg von Aka. Nach links. Dieser eine Schritt würde sie auf ewig voneinander trennen. Würde sie auf ewig aneinander binden.

Aka war schwanger. Es wuchs in ihr heran, dieses vaterlose Kind. Es würde zugleich mit Ichs Tod geboren werden. Es würde mit Ichs Tod geboren werden. Das Kind würde mit Ichs Tod in sich geboren werden. Das Kind würde Ichs Tod als Geburtsgeschenk bekommen. War das ein Geschenk? Die Abwesenheit des Vaters, ja, das konnte ein Geschenk sein. Eine Befreiung. Ich wäre bestens ohne seinen

Vater zurechtgekommen. So, wie die meisten Kinder ohne schlechte Väter besser zurechtkämen. Ein abwesender Vater ist oft ein guter Vater. Ein toter Vater ist weder gut noch schlecht. Er ist nicht mal eine Erinnerung. Vielleicht ist er eine Erzählung. Die Erzählung von dem lebenden Vater. Dem Vater, der seinem Sohn nie wird erzählen können, wie dieser leben soll. Was er werden soll. Welche Ausbildung er wählen soll. Von welchen Mädchen er sich fernhalten soll, welche Automarken akzeptabel und welche Berufe notwendig sind, und was ein gutes Gehalt ist. Das braucht dieser Sohn von seinem Vater nicht zu hören. Vielleicht wird die Mutter sagen: Dein Vater hat sich gewünscht, dass du eine gute Ausbildung erhältst. Aber das ist eine Lüge, denn dieser Vater hatte für so etwas keinen Sinn, er war sinnlos. Der jetzt noch lebende Vater wird einen Sohn haben, er will aber nichts mit dem Sohn zu tun haben. Der Sohn soll frei sein, vaterfrei. Er will, dass sein Sohn von einem Vater frei ist. Vielleicht wird ein anderer Mann sagen, was Ich nicht sagen will. Wahrscheinlich lernt Aka einen anderen Mann kennen. Das befindet sich außerhalb von Ichs Willen und Einflussnahme. Er ist nicht einmal ein Gespenst. Er würde seinen Sohn nie Hamlet nennen.

Aka und ich besprachen Namen, sie sprachen die Namen laut raus, hielten sie vor sich hin und versahen sie mit Augen und Mund, Nase und Hals; die Ohren deiner Mutter, die Hände deines Vaters; wie er mich immer umarmte. Wie du mich eines Tages umarmen wirst, wie er, der Vater. Wäre Ich ein guter Vater? Er erzählte Aka nie von seinem Beschluss. Der war da, fast unsichtbar, wie das ungeborene Kind, das eingekapselt und sicher in Ichs Bauch lag. Es wuchs heran. Wurde größer und schwerer, er nährte sich von Ichs Leben und gab Ichs Leben in den letzten Monaten Nahrung. So sehr, dass Ich viele Male beschloss, es nicht zu verlassen. Er wollte leben. Er wollte mit Aka und dem Kind leben, während sich der Beschluss zugleich in jeder Woche, in jedem Monat einer Geburt näherte. Im August las Ich in der Zeitung eine Anzeige, die den Beschluss leichter machte. Eine Anzeige der Krebsvereinigung, in der es um Håvard Aagensen ging, einundfünfzig Jahre alt, krebsfrei, aber nicht gesund: »Leben ist mehr als Überleben« – unter dieser Überschrift berichtete Håvard von den Folgen der Behandlungen, die er hatte auf sich nehmen müssen, um zu überleben; »nämlich dass mein Körper im Versuch, mein Leben zu retten, zerstört wurde«. Unter Zwischentiteln wie Sprache, Atem, Luft, Schlaf, Arbeit schildert Håvard die Details seines zerstörten Körpers und dessen beeinträchtigte Funktionen: »Ohren.« Früher sind wir gern für ein kinderfreies Wochenende nach

Kopenhagen gefahren, aber mit dem Tinnitus halte ich kein ganzes Wochenende in der lärmenden Großstadt mehr aus. Auch hat mein Gehör durch die Bestrahlung gelitten. Ich kann im Gespräch nicht mehr gut hören, was der andere sagt. »Mund.« Ich habe fast keinen Speichelfluss mehr, mein Mund trocknet sehr schnell aus. Morgens ist meine Zunge so trocken, dass sie manchmal einreißt. Meine Zunge ist zur Hälfte gelähmt und sieht seltsam aus. Sie funktioniert nicht mehr richtig, das kann beim Essen Probleme bereiten. »Atem.« Ich bekomme nicht genug Luft. Das Lungenvolumen ist nicht das Problem. Sondern der Weg zu den Lungen. Er ist verengt, er verengt sich, keine Übungen helfen dagegen. Mein Albtraum ist die Vorstellung, auch das zweite Stimmband könnte sich verabschieden. Ich habe wirklich keine Ahnung, was ich dann machen soll. »Sprache.« Seit drei Jahren kann ich nicht mehr deutlich sprechen. Ich habe ein paar Tricks gelernt, um das zu kompensieren. Zu pfeifen oder die Zunge zu rollen, ist unmöglich. »Augen.« Ich habe einen schlechten Augeninnendruck und auf wenigstens einem Auge grauen Star. Ich sehe immer schlechter. »Körper.« Meine Hände zittern, der ganze Arm, manchmal der ganze Körper. Je schwächer ich bin, desto mehr zittere ich. Eine Schädigung verstärkt die andere. »Hals.« Zweimal pro Woche muss ich zur Physiotherapie. Gewebe, Muskeln, Sehnen – ohne Behandlung wird alles starr und steif. Ich bekomme Krämpfe und Kopfschmerzen. Das hat alle möglichen Auswirkungen, zum Beispiel habe ich Schwierigkeiten, den Mund aufzusperren. »Schlucken.« Ich kann ein einziges Mal schlucken, dann brauche ich eine Viertelstunde Pause. Ich kann alles essen, muss aber erst eine Ewigkeit lang kauen, einen ordentlichen Schluck Wasser nehmen, den Kopf zurücklehnen und alles runterlaufen lassen, noch Wasser nachgießen und darauf vertrauen, dass nichts hängenbleibt. »Nase.« Wegen wuchernden Narbengewebes kann ich nur sehr schlecht durch die Nase atmen. Ich muss sie mehrmals täglich spülen. »Schlaf.« Ich gehe nie ins Bett, bevor ich nicht so müde bin, dass ich sicher sein kann einzuschlafen. Zu liegen tut mir weh, vor allem am Hals. Ich muss sicher sein einzuschlafen, sonst liege ich die ganze Nacht lang wach.

Ich war immer gern früh zu Bett gegangen. Er las im Bett. Die Anzeige der Krebsvereinigung mit Håvard Aagensens Text raubte ihm den Schlaf. So sehr fürchtete er sich, den Atem zu verlieren, die Nase zu verlieren, den Mut zu verlieren, das Leben zu verlieren, den Tod zu verlieren, seinen eigenen Tod. Unruhig wälzte sie sich im Bett und dachte an seine Mutter. Sie war auch die Mutter von Ichs Beschluss, einen guten Tod zu sterben; sie war die Mutter dieses Beschlusses. Ichs Mutter starb, als er sechsunddreißig Jahre alt war, sie wurde vierundsechzig. Sie hatte Zigaretten geraucht, seit er vierzehn Jahre alt war. Ich erinnerte sich an eine schöne Frau und eine schwierige Mutter. Schwierig, denn sie war eigensinnig und labil, stets unkalkulierbar; sie hatte ein fürchterliches Temperament. Sie war mit ihrem Leben nicht zufrieden. Sie hatte hohe Ambitionen, was ihren Sohn anging. Sie war rhetorisch begabt. Oft ging sie auf ihren Sohn los, warf sich auf ihn, kratzte und biss, wie eine Wildkatze. Sie hatte Stil, war immer modisch gekleidet, trug teuren Schmuck und Armbanduhr. Sie verdiente ihr eigenes Geld, liebte Luxus und Reisen. Sie lag gern in der Sonne. Sie fühlte sich von ihren Kindern belästigt, die störten ihre Freiheit. Sie wurde von ihrem Sohn geliebt. Weil er sie fürchtete. Weil er sie nicht verstand oder aus ihr klug wurde. Das Wichtigste, das er gelernt hatte, hatte er aus der Notwendigkeit gelernt, sich zu seiner Mutter zu verhalten. Was er geworden war, war er ihretwegen geworden; wegen ihrer Stärke und ihrem Widerstand, sie war sein größter Feind und Lehrmeister.

Mit zweiundsechzig wurde bei ihr Lungenkrebs diagnostiziert. Sie unterzog sich der vorgeschlagenen

Behandlung, sie sollte sie restlos zerstören. Es dauerte zwei Jahre. Zwei Jahre mit Bestrahlung und Chemotherapie, die sie von einem Menschen zu einer Patientin verwandelten. Die Patientin wurde zu einem Krüppel, einem unsterblichen, wie es schien. Ihr Tod wurde ihr genommen. Und ausgetauscht mit einer Hoffnung auf Leben. Zwei Jahre lang war sie eine Sklavin der Hoffnung und des langsamen Todes, der ihr von den Ärzten gegeben wurde, eher wie eine Strafe als wie ein würdiges Lebensende. Sie wurde mit der Hoffnung auf Leben bestraft. Zwei Jahre lang war sie weder Frau noch Mutter oder Ehegattin, sie war nicht einmal sie selbst, sie war ein lebender Leichnam, eine Krebspatientin. Es war eine Metamorphose. Sie war nicht mehr wiederzuerkennen. Ein einschrumpfender Körper, wie eine Traube, die zur Rosine wird. Sie vertrocknete. Sie verlor an Gewicht. Sie verlor ihr Gesicht. Sie verlor Haare und Wimpern. Sie verlor ihre Stimme. Die Mutterstimme, Frauenstimme, Menschenstimme. Sie flüsterte wie ein Roboter. Eine Puppe. Eine an dünnen Drähten hängende Puppe, ihre Bewegungen waren nicht ihre, sie wurde von einer grausamen Hand geführt. Nicht Gottes Hand, nicht der Hand des Todes, sondern der des Arztes. Von dieser kalten Hand, die Drähte und Schläuche in sie hineinsteckte, sie mit Kanülen und Pflastern verband, sie ans Bett fesselte. Das Krankenhausbett. Das Metallbett in einem fremden Zimmer. Weiße Laken, weiße Kissen, eine weiße Bettdecke. Kein einziger Blutfleck. Nur diese bandagierte, durchgelegene Stelle, die immer größer wurde, die zu ihr wurde. Eine wachsende Wunde. Unerträglicher Schmerz. Von Morphium gedämpft. Ein betäubtes Verschwinden. Ein betäubter Tod. Aber irgendwann kam sie zu sich, war ganz klar, sie bat um eine Zigarette. Sie bat und bettelte um eine Zigarette. Man wollte sie ihr nicht geben. Ihr wurde ein Nikotinpflaster auf die Brust geklebt. Die Rosinenbrust. Jetzt war fast nichts mehr von ihr übrig. Nur dieser fast gewichtslose Körper auf einem Laken. Fast schwebend. Etwas in ihr schwebte bereits. Es war, als würde sie vom Bett auffliegen, und das tat sie tatsächlich, sie starb und flog davon.

Ich rauchte, wie seine Mutter, zu viele Zigaretten. Er trank zu viel Alkohol. Er trank gern. Er vermisste seine Mutter. Wenn er trank, wurde sie lebendig. Sie und all die anderen Toten, sie wurden vom Rausch zum Leben erweckt: Wenn Ich allein war, umgab er sich gern mit den Toten. Sie leisteten ihm Gesellschaft. Er redete mit denen, die nicht mehr waren. Es war ein Fest. Musik und Tanz. Knisternde Kleider. Klirrende Gläser. Zigarettenrauch und weiße Hemdbrüste. Schmuck und Haut. Salontische und

Teppiche. Lampen und Kerzen. »Das Leben ist nichts als eine Lampe, die angemacht und ausgemacht wird.« Es wurde gesungen, improvisierte Reden wurden gehalten. Ich erinnerte sich an etwas, das Seneca über den Selbstmord gesagt hatte: »Du kannst aus einem Fest hinausgeworfen werden, oder du kannst freiwillig gehen.« Dem wurde applaudiert. Die Toten kannten die Wahrheit. Sie wären gerne auf bessere Weise gestorben. Sie wünschten sich einen neuen Tod. Man wünschte sich seinen Tod zurück. Wie bist du gestorben? Zu plötzlich. Ein anderer war zu schmerzvoll und langsam gestorben. Ein Dritter wäre gern im Kreise seiner Freunde gestorben. Ein Vierter wäre gern allein gestorben, war in einem Krankenhauszimmer gestorben, umgeben von anderen Sterbenden. Und der Alte, der wäre gern früher gestorben: Das Alter ist nicht erstrebenswert. Und der junge Mann, der von einer Brücke gesprungen war, bereute es jetzt. Ein Ehepaar hatte Schlaftabletten genommen und war zusammen in seinem Bett aufgefunden worden. Und den Hund, nie auf der Flucht, hatten sie überfahren. Ein Freund war auf der Bühne umgekippt, ohne seine Sophokles-Replik loszuwerden: Nur ein Dummkopf ist in den Tod verliebt. Ein abgebrochener Geschlechtsverkehr, er sprach ihren Namen zum letzten Mal aus und wünschte sich, es wäre ein Anfang gewesen. Die Lampe wird gelöscht. Ich hatte seit mehreren Jahren getrunken, seit dem Tag, da Vali ausgezogen und er plötzlich allein gewesen war. Waren nicht all die Zigaretten und der Alkohol ein fortwährendes Fest? Ein langsamer Selbstmord? Es dauert lange, sich zu Tode zu trinken. Anfangs freute er sich zu trinken; eine Weinflasche öffnen und sie langsam leeren, wie einen Giftbecher. Es schmeckte gut. Es war so gut zu trinken, den Mund mit Flüssigkeit zu füllen, sie im Mund zu bewegen und den Geschmack auf der Zunge zu spüren, wie er in den Mund und die Blutgefäße eindrang, das Rote in das Rote, so natürlich, so gut, es war so gut, einen guten Rotwein zu trinken; die Wärme im Leib zu spüren, der sie mit Herz und Nieren entgegennahm, mit Magen und Leber, bevor er den Wein wieder erbrach, über den Tisch, an dem Ich saß, oder in das Bett, in dem er lag; all dieser rote Schlamm, den er über das Bettlaken und die Decke spie, über die Tischplatte und die Papiere und alles in seiner Nähe; er spie und trank. Notierte und erbrach. Rauchte und schüttete Wein in sich hinein, vermischte ihn mit Wasser, um den Alkohol in die Wunden seines Körpers zu treiben; die Leber tat ihm weh, die Nieren, der Magen. Ums Herz herum tat es ihm weh. Nach ein paar Flaschen Wein verschwanden die Schmerzen. Auch die Erinnerungen verschwanden, oder sie wurden im Rausch zu etwas Ungefährlichem und Weichen verwandelt, wie wenn man einen ausgetrockneten harten Schwamm eintaucht und er ein weicher Klumpen wird; er ließ sich hervorragend zwischen den inneren Organen einpassen, eine gute Art von Schutz und Linderung, eine innere Pflanze oder innerer Pilz, der die Schmerzen der Erinnerung wegnahm; aber diese Pflanze, der Pilz musste gegossen, musste ernährt werden, und wenn Ich endlich eine ausreichende Menge getrunken hatte, konnte es vorkommen, dass er aus dem Bett oder von seinem Stuhl aufstand und so laut und aufrichtig wie möglich sagte: Gut, dass sie mich verlassen hat!

Ich verlor den Geschmack am Wein, was er brauchte, war Alkohol. Den reinen Geschmack, die reine Wirkung des Alkohols, er trank jetzt Schnaps. Er mochte den Geschmack des Alkohols; die Prozente, die Moleküle, die chemische Flüssigkeit; die Wärme und die scharfe Wirkung des Schmerzes. Als würde er die Zunge in eine Flamme stecken, die Flamme einsaugen, sie herunterschlucken und spüren, wie sie sich im Körper ausbreitet, eine Beruhigung, in Ruhe. Ein gesegnetes Paradoxon: Die Flamme löschte Unruhe. Löschte Sehnsucht und Trauer. Wie die Flamme die Flamme in ihm löschte, die Lust in ihm, erlosch das Leben in ihm. Und das war gut. Es war gut, sich selbst zu verlieren, den Liebeskummer zu verlieren, alles von Bedeutung zu verlieren zugunsten von etwas, das nichts bedeutete; manchmal saß er stundenlang da und hielt eine Lampe. Manchmal lag er am Boden und strich mit den Händen über den Teppich. Manchmal saß er im Kleiderschrank und riss einzelne Kleidungsstücke in Fetzen. Er trat mit Geistern in Kontakt. Er sprach mit den Toten. Er fand Bedeutungen in einem Buch. Eine Welt schloss sich, eine andere wurde eröffnet; er entdeckte die Liebe zu Pflanzen und Insekten. Er starrte lange alte Fotos an. Studierte die Jahresringe in einer Tischplatte. Das Lichterspiel in einem Vorhang. Er suchte nach verborgenen Zeichen dafür, wie alles mit allem zusammenhing, nichts war zufällig, alles hatte eine Bedeutung, da alles gleichgültig war; ihm war nichts mehr wichtig. Nichts als die Flaschen, die er aus dem Weinmonopol brauchte, und die Zigaretten und Fertiggerichte aus dem Laden. Er bestellte ein Taxi, ließ sich in die Stadt fahren, kaufte ein und wurde wieder nach Hause gefahren wie ein Jäger mit seiner Beute, triumphierend, zitternd, bis er die erste Flasche aufbekam und in der Küche zwei Gläser trank als Begleitung der Morgennachrichten; eine Tasse Kaffee, zwei Spiegeleier, eine Scheibe Brot, das Essen im Bauch behalten, es nicht erbrechen, richtig trinken, erst schnell und danach langsam, den Wodka mit Orangensaft mischen, ein bisschen Sonne, ein bisschen Nahrung, später den reinen Schnaps, bis er sich endlich an den Schreibtisch setzen konnte, nicht mehr zitternd, um zu schreiben.

Er kritzelte die Wörter hin, schrieb von Hand, eine Art automatische Schrift, unleserlich. Das spielte keine Rolle, er schrieb. Er erhielt seinen Beruf aufrecht. Seine Tätigkeit. Ein berauschter Roman. Im Rausch geschrieben. Er wollte ihn nennen: Alkohole. Ein unleserlicher Roman, endlich, davon hatte er geträumt: den Roman aufzulösen, ihn seine Form verlieren zu lassen, indem er die Wörter willkürlich aufs Papier brachte, die Wörter in einer dem Rausch ähnlichen Sprache über die Buchseiten fließen zu lassen, in der Sprache des Rausches, er wollte ein Bild des Rausches zeichnen.

Er konnte selbst nicht lesen, was er geschrieben hatte; die Buchstaben sahen aus wie unbekannte Schriftzeichen, der Text ähnelte einer Fremdsprache. Er war unleserlich und schön, fand er; der Text floss über die Seiten, Blatt um Blatt in einer ornamentalen Sprache; bisweilen konnte er in einem Satz einzelne Wörter und Bedeutungen ausmachen, die Wörter ragten heraus wie Steine aus einem Fluss oder aus einem Teppichmuster, oder wie Schatten im Nebel, die Wörter verschwanden und tauchten wieder auf in einem Textgewebe, das ihm geradezu aus dem Kugelschreiber floss; ein Tintenstrom. Sehr viel

Schnaps. Es gab eine Relation zwischen Schnaps und Tinte, so schien es, wie wenn man einen Wagen mit Benzin betankt und dann zündet, eine kleine Flamme genügt, und der Text läuft und läuft, es musste nur genügend Alkohol getankt werden. Wenn Ich abgefüllt war, die Blätter auf Armeslänge vor sich hielt und sie studierte, wie man ein Gemälde betrachtet, oder ein Aquarell, dann kam es vor, dass er in einen erstaunten, anerkennenden Ruf ausbrach: Die Schönheit der Buchstaben! Die Arabesken der Sätze! Die Sprache als Sichtbarwerdung und Verschwinden! Das Buch des Vergessens!

Nach mehreren Monaten mit Schnaps war er nur noch ein schmerzender, zitternder Körper, ein Kopf voller Zwangsvorstellungen und Angst, nicht mehr funktionierende Hände, Füße, die nicht mehr gehen wollten; er kam nur gerade noch so aus dem Haus, um den notwendigen Schnaps zu kaufen; er ging rückwärts vom Haus zum Taxi, saß auf der Hinterbank, eine Sonnenbrille im Gesicht, es regnete, er wusste nicht, welcher Tag es war, noch welcher Monat, März oder April, es war ein Sonntag. Das Weinmonopol war geschlossen. Er bekam einen Anfall, stand mitten in der Stadt auf dem Bürgersteig und weinte. Sollte er sich in eine Ambulanz schleppen. Darum bitten, eingewiesen zu werden; Krankenhaus,

Psychiatrie, Entzugsklinik, wo auch immer, er brauchte Hilfe. Er ging in ein Restaurant. Trank eine Flasche Wein. Aß eine Suppe. Weiter in eine Bar. Bestellte einen Drink. Kippte ihn. Noch einen und noch einen, allmählich kam der Körper zur Ruhe, das Zittern legte sich endlich, die Angst löste sich auf und die Kneipe nahm Konturen an, Farben; die rote Tapete, gestickte goldene Blumen an den Wänden, schöne Lampenschirme, die glänzenden Flaschen und das Licht in den Spiegeln, in denen die Gesichter standen wie Masken in einem Kabinett; ein halb geöffneter Mund, eine trinkende Hand, ein geschlossenes Auge, Satzfetzen und Wörter, die durch das Lokal trieben: Nein, jetzt. Niemals, ja. Vielleicht nicht. Wer weiß. Die ruhige Musik beruhigender Stimmen. Cola-Rum. Vodka-Zitrone. Mojito. Pisco Sour. Bloody Mary. Piña Colada. Es war eine gute Bar. Klein. Intim. Zwei Lederbänke, kleine runde Tische und ein geschwungener Tresen. Nico stand hinter der Bar. Ich hatte sie und ihre Zwillingsschwester früher mal gebabysittet, sie hatten ihren Vater verloren, eine Zeit lang war er für die Zwillinge eine Art Reservevater gewesen. Er dachte nie, dass er für diese Bar zu alt war. Er war der Älteste hier, die meisten waren jung, halb so alt wie er, er mochte junge Menschen. War das eine Sünde? Beschämend? Das war ihm egal. Er ging hin, wo er wollte, trank, wo er wollte, mit wem er wollte. Das war sein Privileg. Er war ein bekannter Mann. In den Augen vieler ein erfolgreicher Mann. In den Augen mancher ein attraktiver Mann. Außerdem hatte er Geld. Er warf mit Geld um sich, gab viel Geld in der Bar aus, lud ein, verlieh Geld, verschenkte Geld, er warf gern Geld aus dem Fenster. Und das fiel auf. Hier und da. An den Orten, wo er verkehrte. Wo er trank. Wo er aß. Die Art und Weise, wie Geld ihm egal war. Immer waren junge Frauen um ihn herum. Immer junge Männer und Frauen um ihn herum. Sie versammelten sich um ihn in der Bar. Vielleicht wollten sie etwas von dem, was er hatte, ein kleines Stückchen Ruhm, eine Art Anerkennung? Vielleicht glaubten sie, Begabung sei ansteckend, etwas, das in Form glänzender Sätze und strahlender Wörter aus Ich herauslief, ein Licht, das auf sie fiel, kleines, kurzes Aufflackern, das sie erleuchtete? Aber er sagte nichts von Bedeutung. Er tat nichts von Wert. Er trank. Er war auf dem absteigenden Ast. Sahen sie das nicht? Tat er ihnen nicht leid? War er nicht ein erbärmlicher Anblick? Nein, vielleicht fanden sie es exotisch, einen bekannten Mann zugrunde gehen zu sehen, mitten unter ihnen, in ihrer Nähe – sie forderten ihn zum Trinken auf, freuten sich, wenn er lallte, luden ihn zu Partys ein, füllten ihn mit Alkohol und Komplimenten ab; es war, als wollten sie ihm helfen, möglichst bald den Tiefpunkt zu erreichen, das Ende zu beschleunigen und es mit ihm zu feiern, vielleicht wollten sie sich mit seinem Verfall schmücken, seinem schönen Tod: Er soff sich zu Tode.

Wie schön sie waren, diese jungen Kannibalen. Ichs Freunde. Seine Freunde. Er kannte sie nicht. Imma, Joni, Gulo, Arni, Vilje, Eira, Lykke; diese Rufnamen, die sich mit dem Alkohol mischten und Ich erhoben auf seinem Weg abwärts. Er wagte nicht mehr, allein zu sein. Er trank in der Stadt, in verschiedenen Bars. Nach einer gewissen Anzahl Drinks war er munter und fröhlich; warum konnte es nicht immer so sein; ein gleichmäßiger, guter Rausch gemeinsam mit anderen, oft neuen Leuten, manchmal unbekannten Gesichtern, die ihn mit ihren Frisuren und Kleidern unterhielten, mit ihren Blicken und Stimmen; singende, flüsternde, flirtende und beruhigende Stimmen; es war eine schöne Musik, er war in guter Gesellschaft. Nach ein paar Monaten hatte er genug. Er konnte nicht mehr ausgehen, aber auch nicht zu Hause bleiben; er hielt es an keinem Ort mehr aus, er war es leid zu trinken, zermürbt vom ständigen Kater, von Panik und Übelkeit geplagt, stets ängstlich und krank, weder zum Lesen noch zum Schreiben mehr imstande, so gut wie schlaflos, appetitlos, mit überspannten Nerven, niemals Ruhe und Erholung, stets voller Sehnsucht zu verschwinden. Es war Zeit zu gehen. Er wollte die letzte Flasche Schnaps trinken und dann die Treppe zum Dachboden hochsteigen. Die Rettungsleine an einem Balken befestigen. Auf einen Hocker steigen. Die Schlinge um den Hals legen. Und vom Hocker springen, ins Blaue.

Ich überlebte seinen ersten Tod. Er verschlief ihn. Er wachte auf dem Dachboden auf. Die Sonne schien durch das schräge Fenster. Ihm ins Gesicht. In den Armen hatte er den Pelzmantel seiner Mutter. Er erbrach sich in das Mantelfutter, rollte den Mantel zusammen; ein kleines Tier auf dem Boden. Stinkend. Dampfend. So voller Leben. Ich kam auf die Beine, kletterte die Leiter hinab und tastete sich ins Badezimmer, stellte sich in die Dusche und blieb unter dem Wasser stehen, bis er durchgewärmt war. Er rasierte sich. Aß ein kräftiges Frühstück und ging ins Bett. Dort blieb er zwei Tage und zwei Nächte lang, wälzte sich schwitzend und frierend auf der Matratze hin und her, als ob er sich auf einer Seereise befände, er segelte. Ich segelte auf dem Bett von dannen, Tag und Nacht. Der Vorhang wehte im Wind. Mondlicht und Sonnenschein, Wind und Sterne in einer unendlichen Nacht voll See und Wellen, voll Gedanken und Ängsten, er stieg und sank, ließ sich sinken und emporsteigen; rollte von einer Seite auf die andere wie in einem Rettungsboot. Er war gerettet. Nach zwei Tagen und zwei Nächten stand er auf. Er kletterte aus dem Bett, ging vorsichtig die Treppe zur Küche runter. Er aß Eier und Speck. Trank Kaffee. Hörte die Nachrichten im Radio. Er zog sich an. Saubere Sachen. Jacke, Stiefel. Es war März. Er machte einen langen Spaziergang ans Meer. Wer aufgehört hat zu trinken, weiß, was Zeit ist. Womit soll er sie ausfüllen? Der Alkohol löst das Problem mit der Zeit: Wer trinkt, entleert seine Tage von Zeit. Der Rausch kennt weder Glockenschlag noch Tagesnamen, er macht keinen Unterschied zwischen Morgen und Abend, kennt weder Monat noch Jahreszeiten; der Rausch ist eine einzige lange Jahreszeit in einem fensterlosen Keller, dort regnet es weder noch schneit es. Die Sonne ist ohne Bedeutung. Man vertrinkt den Sonntag. Man vertrinkt die Tage. Der Rausch ist der Vorgeschmack auf den Tod, und der Tod kennt keine Zeit. Das Zeitlose ist gut. Der Rausch ist eine Vorahnung davon, dass das Zeitlose gut ist. Wer trinkt, dachte Ich, am Meer, eines Sonntags im März, weiß, dass der Tod gut ist.

Wer trinkt, entleert sein Leben von Inhalt, füllt sein Leben mit Sinn. Wer trinkt, füllt sein Leben mit Tod. Wer dem Tod nahe war, weiß, wie schön das Leben ist. Und das Leben ist schön und kostbar, denn der Tod hat ihm seinen Stempel aufgedrückt. Der Kranke will gesund werden. Der Sterbende möchte leben. Aber Ich wollte sterben. Dieser Beschluss machte sein Leben schön. Er füllte sein letztes Jahr mit Sinn.

Der Sommer kam. Ich war verliebt. Er würde Vater werden. Er schrieb an einem Buch. Er war glücklich. Er trug sein Geheimnis, wie Aka ihr Kind trug. Wir wissen nicht, wie das Kind aussieht, wer das Kind ist, wie die Zukunft des Kindes beschaffen sein wird. Wir wissen nicht, wie der Tod aussieht, obwohl wir ihn unser ganzes Leben lang in uns tragen, erst als etwas Fremdes und Unerwünschtes, nur einen kleinen Klumpen, eine Geschwulst, die man nicht weiter bemerkt, auch nicht, wenn sie wächst und zu einem inneren Leben wird. Wann ist der Zeitpunkt, zu dem wir unseren Tod erstmals berühren? Wenn du mit vierzehn die Treppe herunterfällst und dir den Fuß brichst, oder wenn du beim ersten Kuss weißt, dass die Beziehung irgendwann aufhören wird, wenn du zum Wehrdienst eingezogen und gelehrt wirst, Leben zu nehmen, wenn du deine Mutter verlierst oder wenn deine Frau stirbt, nein, bei keinem dieser Anlässe wirst du dir deinen eigenen Tod zubilligen, er gehört noch nicht dir. Wann geschieht das? Wann spürst du den Tod in dir und dass er dort lebt, Seite an Seite mit dem, was Leben ist, mit dem, was in dir Leben ist?

Ich spürte ihn zum ersten Mal, als in ihm die Liebe starb. Da spürte er die schwarze Beule, die in ihm heranwuchs. Sie nahm immer mehr Raum ein, er konnte sie physisch als Schmerz spüren. Einen wachsenden Schmerz. Als ob der Schmerz verzehrte, was in ihm war, und ihm wurde klar, das war der Tod. Der heranwachsende Schmerz, der von Schmerzen ausgelöscht wurde. Wie der Schmerz sich am Ende selbst verzehren würde. Das ist der Anfang vom Ende. Du lebst betäubt, der Schmerz ist weg, er ist die Todeswarnung durch den Tod selbst. Du liebst nicht mehr, du wartest auf den Tod. Wie lange musst du warten? Ich fürchtete das Alter. Nein, er verachtete es. Er begriff den Sinn der Bezeichnung Gemüse. Vegetieren. Dahinwelken. Verfaulen. Einschrumpeln. Seine Kraft verlieren, seine Füße, seine Hände, sein Lächeln. Seine Lust verlieren. Seine Sexualität. Seine Schönheit. Sein Haar. Seine Zähne verlieren. Sein Gesicht verlieren. Was war das Alter? Eine langwierige, fortwährende Erniedrigung. Hatte er es nicht gesehen? Wie sein Philosophielehrer dement geworden war. Er saß auf einem Stuhl im Pflegeheim und brüllte. Hätte er nicht aus dem Fenster springen sollen wie Gilles Deleuze? Hätte er nicht einen philosophischen Tod haben sollen? Einen ehrwürdigen Tod? Hätte er seinem Leben nicht ein Ende setzen sollen, da es schon beendet war? Verbraucht? Fertig gelebt? Vollendet? Wenn das Leben vollendet ist, ist die Frage nicht mehr, wie du leben, sondern wie du sterben solltest. So dachte Ich im Juli, im August, und mit dem Verstreichen der Monate immer klarer. Was war die beste Todesart? In Gedanken durchlief Ich, wie ein Regisseur bei der Planung einer Inszenierung Szene um Szene, die verschiedenen Todesarten, Tod um Tod, zunächst die milden Todesarten, wie Tabletten zu nehmen und im Bett einzuschlafen oder sich in der Garage ins Auto zu setzen, den Motor zu starten und am Steuer zu sterben, dann die härteren Arten, wie aus dem Fenster oder von einer Brücke zu springen oder sich irgendwo im Haus oder im Wald zu erhängen. All diese Arten hatten eine Schattenseite; man würde ihn finden. Am liebsten wäre er einfach verschwunden. War das möglich? Ihm gefiel der Gedanke nicht, man würde ihn entstellt und zuschanden gerichtet auffinden. Auch beim Nachdenken über den Tod bewahrte er sich seine Eitelkeit. Er wollte seinen Tod auch nicht so arrangieren, als ob es ein Unfall wäre. Das hätte strikt im Widerspruch zu seiner Absicht gestanden, nämlich einen freiwilligen Tod zu sterben. Einen gewünschten Tod. Er wollte sterben, wie er gelebt hatte; einen stillen und glücklichen Tod.

Der Winter kam. Ich war zu dem Ergebnis gekommen, dass es am besten war, im Bett zu sterben. Der letzte Schlaf. Würde er träumen? Würde die Seele den Leib verlassen und zur Decke steigen? Würde er sich selbst im Bett liegen sehen? Würde er sich leid tun? Würde er es bereuen? Konnte die Seele fühlen? Denken? Sehen? Was war die Seele? Woraus bestand sie? Und was für eine Form hatte sie? Besaß sie Ichs äußere Form, wie ein geistiger Leib ohne Eingeweide, ohne Herz, ohne Atem? War sie nur der tote äußere Leib? Der leichenblass und verlassen im Bett lag. Und falls der innere Leib wie ein Schatten oder Geist weiterlebte und sich bemerkbar machte oder sichtbar war, wie Leute es bezeugt hatten, die einen Toten gesehen und sogar mit ihm geredet hatten; wie war er dann gekleidet? Welche Ausgabe von ihm lebte weiter? Welche Frisur, welches Gesicht? Und hatte er seine Gewohnheiten in den Tod mitgenommen? Brauchte er immer noch Zigaretten? Trank er immer noch lieber Whisky als Wodka, las lieber Proust als Dostojewski? Von einem Besuch in Mexiko erinnerte Ich sich daran, wie der Tote in seiner Lieblingskleidung und mit seinem liebsten Besitz begraben wurde; sein Messer, sein Mobiltelefon, eine Packung Zigaretten (die Zigaretten würden nicht ewig reichen, und dieser Gedanke, dass er niemals würde neue bekommen können, war ein Albtraum, ganz wie zu Lebzeiten, ja, ihm erschien dieses mexikanische Beerdigungsritual besonders grausam, denn worin bestand der Sinn einer Packung Zigaretten und einer halben Flasche Whisky, außer darin, das Leiden des Toten zu verlängern?). Was war es, das da weiterlebte? Ein Bewusstsein? Erinnerungsreste? Ein Gedächtnis, das allmählich verlöschen oder sich mit einem größeren Bewusstsein vermischen würde, einem Meer von Erinnerungen, einem Erinnerungsmeer? Es gab so viele Vorstellungen vom Tod. Ich würde in einen Garten kommen, ein Haus beziehen. Dasselbe Haus, in dem er jetzt schon wohnte? Würde er in diesem Haus bleiben, in einer anderen Form, als Gespenst, als Geist? Für wie lange? Würde er trotz allem die Geburt seines Sohnes miterleben? Würde er Aka berühren können? Würde sie ihn als eine Gegenwärtigkeit spüren, eine schwache Berührung im Dunkeln, eine unsichtbare Bewegung im Zimmer, wie einen Windhauch, eine weiße, windartige Hand in ihrem Haar? Wenn sie heimlich auf dem Balkon eine Zigarette rauchte? Würde sie ihn da spüren? Oder war er nur eine Ahnung, etwas, das sie sich in der Dunkelheit einbildete? Er war tot. Was würde das bedeuten? Lag er dann einfach nur im Sarg, unter der Erde, und verweste? Würde er von Insekten und Pflanzen verstoffwechselt und führte das Leben in einer anderen Form fort; einer

Blume, einem Baum, einem Wurm? War der Tod schön? War der Tod hässlich? War der Tod böse? War der Tod gut? War der Tod nichts von all dem, war der Tod nichts? Nichts! War das möglich? Ja, es war möglich. Ein großes, finsteres Nichts! Das war möglich, und es war unmöglich. Vielleicht ließe sich der Tod mit dem vergleichen, was vor der Geburt war. War es nicht ein langer Tod gewesen vor dem Leben? War Ich da nichts gewesen? Oder hatte er schon einmal gelebt, frühere Leben? Manchmal stellte Ich sich vor, er hätte andere Leben gelebt, zum Beispiel, wenn er Musik von Christoph Willibald Gluck hörte und sofort einen Saal mit tiefroten Tapeten und schweren Vorhängen sah, mit geknüpften Teppichen und barocken Sesseln; einen eigentlich fremden Saal, in dem er sich aber ganz vertraut und selbstverständlich bewegte, nicht wie in einem Traum, sondern als wäre er tatsächlich in einem Konzertsaal zugegen; die Musik setzte ein; zwei Geigen und Cembalo: Ich spürte, wie er von einem Raum in den anderen versetzt wurde, aus einer Zeit in eine andere, aus dem Zimmer, in dem er im Jahre zweitausendachtzehn in einem Ledersessel saß, in die, wo er nun auf einem samtenen Sofa neben einer Frau saß, möglicherweise war das einer der Salons von Marie Antoinette, sagen wir, im Jahre siebzehnhundertvierundsiebzig, möglicherweise eine Aufführung der beiden Triosonaten in C-Dur: Ich erkannte einige Gesichter wieder, als befände er sich unter Freunden, und dieses Wiedererkennen war keine Fantasie, es bestand aus Bildern und Stimmungen, die die Musik in ihm hervorrief. Etwas Ähnliches, aber auf ganz andere Weise, erlebte er beim Haareschneiden oder wenn er in der Dusche stand, er fing an zu zittern. Die Schere und die Duschkabine riefen dieselbe Reaktion bei ihm hervor, zuerst verspürte er eine Lähmung im Gesicht, dann fing sein Kopf an zu zittern, schwach, beinahe unmerklich, aber doch stark genug, dass er ein Missbehagen empfand und manchmal Angst. Eine Weile lang war Ich mit einer jüdischen jungen Frau zusammen, sie dachte erst, er sei ebenfalls Jude, was er strikt verneinte, fast allzu bestimmt und feindlich; er war kein Jude, aber vielleicht war er einer gewesen?

War Ich in einem Konzentrationslager geschoren und mit Gas geduscht worden? Die Vorstellung, der Tod könnte mehrere Leben beinhalten, war Ich nicht fremd. Es war aber nichts, woran er glaubte oder wonach er lebte, höchstwahrscheinlich war der Tod das Ende von allem, zumindest hoffte Ich das. Er war weder christlich noch sonst wie religiös; dennoch konnte er sich von religiösen Gedanken und Gefühlen nicht restlos befreien; er suchte gerne Kirchen auf, und sein Schlafzimmer war von religiösen Symbolen geprägt; ein Engel hielt zwei Kerzen, außerdem besaß er eine in Griechenland gekaufte Ikone mit Maria und dem Jesuskind und ein schweres kupfernes Kreuz, Geschenk der katholischen Kirche in seiner Heimatstadt; er hielt es in der Hand, wenn er seine Albträume hatte. Ich wurde von schlimmen Träumen verfolgt. Er wäre gern gläubig gewesen. Nicht in dem Sinne, dass er sich einen Himmel und ein Nachleben gewünscht hätte, aber der Glaube hätte ihm hier und da im Leben helfen können, hätte eine Art Schutz oder Erlösung sein können: Ich fürchtete das Böse. Das Böse kam nachts zu ihm, in Träumen, verschwand aber nicht, wenn er endlich aufwachte, es befand sich im Schlafzimmer in Form von fliegenden, vogelartigen Leibern mit Menschengesichtern, er sah sie im Wachzustand, dann griff er das Kupferkreuz auf dem Nachttisch. Er faltete die Hände darum und sprach eine Art Gebet, oder war es ein Ruf, er betete darum, dass das Böse verschwinde. Es kam vor, dass eine von diesen Fliegen oder Vögeln sich ihm auf die Brust setzte, dann musste er darum kämpfen, weiterzuatmen, um weiterzuleben, um nicht zu sterben. Er wollte nicht auf diese Weise sterben, unfreiwillig, von einem Teufel oder Vogel in die Dunkelheit gezwungen. Er kämpfte. Er rang, so wie Jakob mit dem Engel rang, dachte er, wenn er am Morgen auf der anderen Seite des Traumes erwachte, auf der richtigen Seite des Flusses, dachte er. Er erwachte auf der Lebensseite des Flusses, des Traums. Ebenso gut hätte er auf der falschen Seite erwachen können, auf der Todesseite des Traums, des Flusses, dachte er. Er hätte im Traum sterben können, sein Herz hätte stehen bleiben können, es schlug wie wild in seiner Brust, sein ganzer Körper war starr und gelähmt, er reagierte auf den Traum, als ob der Traum der Tod wäre. Der Traum hätte ihm das Leben nehmen können, aber er erwachte auf der Lebensseite des Traums, einige Minuten noch musste er mit den Resten des Todes kämpfen, musste das Leben in seinem toten Körper wecken, der starr und gelähmt war. Endlich gelang es ihm, einen Arm zu bewegen. Der Vogel löste sich von seiner Brust, er flog auf und verschwand.

Auch am Tage kämpfte Ich mit dem Bösen. Er war kein guter Sohn und kein guter Bruder und auch kein guter Ehemann. Er hatte sich gefreut, als seine Frau starb. Er schämte sich dessen auch nicht. Er lebte ein schlechtes Leben in einer schlechten Ehe, an die er sich anpasste, so gut er konnte; Ich war ein unglücklicher Mann, der das Unglück annahm, beinahe verehrte er es; viele Jahre lang schmückte er sich damit, missglückt und missraten zu sein.

Das war doch mal was! Er langweilte sich. Unaufhörlich wurde er vom üblen Verhalten und der Untreue seiner Frau gequält, von ihren Lügen und ihrem unzulänglichen Sprachgebrauch; allein schon, wie sie den Mund öffnete, wie sie eine Schnute machte; so einen Mund, der Dummheiten empfing und von sich gab. Manchmal stellte er sich ihren Mund wie eine öffentliche Toilette vor. Sie befand sich gern in Gesellschaft und ging häufig zu Eröffnungen von Kunstausstellungen. Sie zeigte sich gern im Theater. Sie färbte sich das Haar. Schminkte sich wie eine Stewardess. Zog sich modisch an. Sie trug Hüte und Schmuck. Sie galt als schön. Ich litt unter ihrer Dummheit und ihrem schlechten Geschmack; darunter, in welche Männer sie sich verliebte und ihn mit ihnen betrog. Er litt unter den Romanen, die sie las. Den Reisen, von denen sie träumte. Dem Reichtum, den sie mit Lebensführung und Redeweise vorgab, mit ihren Gewohnheiten und Unarten; sie aß in teuren Restaurants und trank den süßesten Wein. Sie war vulgär. Vielleicht war sie normal. Und Ich ließ sich von ihr demütigen. Er ergab sich all ihren Anklagen und Vorwürfen, er ließ sich in ihren Augen und denen anderer herabsetzen, er wurde immer kleiner und verstummte beinahe; er war dabei zu verschwinden. Er wurde zu einem schmückenden Anhängsel seiner Frau, der erfolgreiche Schriftsteller, der das Geld verdiente, das sie auf Festen ausgab, von dem sie lebte und mit dem sie ihn demütigte. Er war ihr Schatten. Ein dunkler, unbeholfener Mann. Ein Jammerlappen. Ein Misanthrop. Der humorlose Kritiker der Bürgerlichkeit, in die er eingeheiratet hatte. Gefangen in stumpfsinnigen Abendgesellschaften und böswilligen Familienfesten. Er ließ sich einen Bart wachsen. Er aß zu viel und wurde dick. Er war dabei, die Sprache zu verlieren. Er mochte weder reden noch schreiben mehr, die Worte entzogen sich ihm, und viele Jahre lang war er ein Schriftsteller, der nicht schrieb. Als Ulla krank wurde, verlor sie ihre Schönheit und Kraft. Sie verlor ihr Haar. Ihr Gesicht zuckte und verzerrte sich. Sie verlor das Gleichgewicht, konnte sich nur noch schlecht bewegen und gehen. Sie verbrachte immer mehr Zeit im Bett. Und Ich konnte sie nicht verlassen, nein, sie brauchte ihn. Ich pflegte seine Frau, als wäre sie seine alte Mutter. Er wollte ihr gern etwas Gutes tun, aber er freute sich, als sie endlich weg war. Sie lag viele Monate lang im Bett, weigerte sich, ins Krankenhaus zu gehen, sie wollte zu Hause sterben, in ihrem eigenen Bett. Ich war gezwungen, ihr auf dem Weg zum Tode zu folgen. Er machte Essen für sie, fütterte sie, wusch sie, wechselte ihr die Wäsche, las ihr vor und gab ihr ihre Arznei. Schmerztabletten. Irgendwann Morphium. Sie verlor das Sprachvermögen, verstummte. Sie lag im Bett und blickte zur Decke oder aus dem Fenster. Es war April. Die Blumen blühten und die Apfelbäume bekamen weiße Knospen. Die Insekten kamen, die Bienen kamen und knisterten wie elektrische Lampen im Rhododendron. Die Bachstelze kam, die Amsel sang. Eine Eule flog am Haus vorbei. Ich schlief in einem Bett neben dem Krankenbett. Er hörte Ulla weinen. Manchmal schrie sie. Vielleicht sah sie den Tod, er kam und ging in dem Schlafzimmer. Sie starb am Morgen. Ich wurde von ihren Rufen geweckt und setzte sich an den Bettrand, legte ihr die Hand auf die Brust und spürte, wie ihr Herz stehenblieb. Er hörte ihren Atem aussetzen. Ein letzter, kräftiger Atemzug, dann war er weg. Die Wärme zog sich aus ihrer Brust zurück, verließ die Hände und schließlich die Füße, sie wurden kalt. Ulla wurde kalt. Ihr Gesicht wurde blass, dann weiß. Sie erkaltete und wurde weiß, während das Blut in ihr erstarrte. Das Blut erstarrte und der Atem verschwand, er verließ sie, so wirkte es. Als ob der Atem woanders hinginge und fortbliebe.

Ich war mit dem Tod vertraut, er war ihm nicht fremd. Ulla tat ihm leid, als sie krank war, und bei der Beerdigung verspürte er Trauer, doch bereits nach wenigen Tagen des Alleinseins erfüllten ihn unfassbare Erleichterung und Glücksgefühle; eine so starke Freude hatte er noch nie empfunden. Und wenige Monate nach Ullas Tod lernte er eine jüngere Frau kennen und zog mit ihr zusammen; das war die glücklichste Zeit seines Lebens.

Ein neuer Anfang. Ein neues Leben.

Wie oft hatte Ich so etwas erlebt? Es fühlte sich an, als hätte er bereits mehrere Leben durchlebt, und keines davon ähnelte dem anderen.

Im Laufe eines Lebens sterben wir mehrere Male, und im Laufe weniger Monate bewegte sich Ich vom Unglück zum Glück; er war nicht mehr derselbe Mann. Nach sechs Jahren wurde er von Vali verlassen, und abermals starb etwas in ihm, um etwas Neues zu gebären: den trauerschweren und lebensmüden Mann.

Er beschloss, allein zu leben.

Allein leben. Wie richtet man sich darin ein? Wie verbringt man die Zeit? Er wusste es nicht. Er wusste nur, er war nicht stark genug, eine neue Beziehung zu beginnen, er wünschte es sich auch nicht, er wollte gern ein stilles, ruhiges Leben führen. Konnte das ein gutes Leben werden? Bereits nach wenigen Monaten, es war im Winter, im November, wurde er von einer schweren Müdigkeit übermannt. Er konnte morgens nicht aufstehen, er blieb im Bett liegen. Er gewöhnte sich daran, lange zu schlafen. Er wachte früher auf, griff nach den Resten eines Traums, versuchte, den Traum aus der Dunkelheit ans Licht zu zerren, an dem Tag, um ihn in der Dämmerung wie einen schwach beleuchteten Kinofilm zu betrachten: Die Bilder waren so zart und zerbrechlich, dass sie die ganze Zeit – wenn er sich nicht genügend konzentrierte, das verlangte morgens große Anstrengungen, und er riskierte, sofort in den Schlaf zurückzusinken – zu verschwinden drohten, jeden Augenblick drohte er den Traum zu verlieren, die Nacht zu verlieren, und vielleicht verlor er den Schlüssel zu der Tür, die den Tag öffnen konnte, die ihn erzielen konnte, was er tun sollte, wie er leben sollte, vielleicht war das ja der Schlüssel zum perfekten Tag?

In dieser Zeit der Müdigkeit lernte er, seine Träume zu entwickeln, wie man ein Foto entwickelt, er legte das letzte Bild der Nacht zurück in die fließende nächtliche Dunkelheit, und wie ein Satz von in Ketten zusammenhängenden Wörtern gebildet wird, so hing dieses Bild mit anderen Bildern zusammen, sie wurden in einer Kette oder Rolle aus dem feuchten Element hervorgezogen, dem Traum. Der Traum erschuf flüchtige Bilder. Ich lernte, sie festzuhalten: Am Morgen, wie ein Rest der Nacht, wurde ihm eine ganz andere Welt vorgeführt, eine Welt, die er unmöglich selbst geschaffen haben konnte. Eine Welt, so verdreht und unbegreiflich, dass er liegen blieb wie ein Marsmensch oder ein Einwohner eines anderen Universums.

Lange Zeit hindurch lebte er in zwei Welten. Nicht immer gelang es ihm, sie voneinander zu unterscheiden, er verlor die Fähigkeit, Traum und Wirklichkeit zu trennen. Er wurde zu einem Träumer. Er schlief sich zu einer neuen Wirklichkeit hindurch. Er wachte auf und fiel wieder in Schlaf. Konnte er Träume hervorrufen? Ja, das konnte er, er hatte neue Träume. Erst gegen zwei Uhr stand er widerwillig auf. Er zog die Träume mit sich in die Küche. Lange saß er da und starrte ins Leere. Bald wurde er wieder müde, dann legte er sich auf das Sofa im Wohnzimmer. Je mehr er schlief, desto müder wurde er. Eine überwältigende, allumfassende Müdigkeit beschwerte ihn. Er wurde ein Schläfer. Und er verlor das Interesse an der wachen Welt; dann an den Erledigungen des Tages und aller Tage; er begnügte sich damit, zu essen oder irgendein Buch zu lesen. Er war dabei zu verschwinden.

Und jemand musste gegen Ich falsch Zeugnis abgelegt haben, denn eines Morgens rief die Polizei ihn an, dabei hatte er nichts Falsches getan. Er wurde von seinem Mobiltelefon geweckt, es war frühmorgens und das Klingeln quälte ihn, denn er lag gern lange im Bett. Es war, wie von Glocken oder Vogelgesang geweckt zu werden, Geräuschen, die er eliminiert hatte, indem er mit geschlossenem Fenster schlief. Und niemand rief Ich je morgens an. Es war ihm gelungen, seine Freunde mehr oder weniger loszuwerden. Es gab da die Reste einer Familie, aber er kannte sie nicht mehr. Im Telefon eine Frauenstimme. Das war angenehm. In zurückhaltendem, nüchternem Tonfall deklarierte sie, er sei hiermit zum Verhör einbestellt und habe sich nächsten Montag, den 10. Februar, um zehn Uhr vormittags auf der Polizeiwache Fyllingsdalen einzufinden. Er dürfe einen Rechtsbeistand mitbringen. Dieses Wort, Rechtsbeistand, verursachte ihm einen so starken Widerwillen, dass er sofort beschloss, den Termin abzusagen. Er hielt sich zurück und schlug eine spätere Uhrzeit vor. Dem wurde nicht stattgegeben. Weiters beklagte er die Entfernung zu der Polizeiwache, es gab eine, die näher lag, so wusste er, im Stadtzentrum. Ihm wurde empfohlen, den Bus zu nehmen, Linie 4, man gab ihm eine Besuchsadresse an. Er war zu müde, um sie aufzuschreiben. In seiner schläfrigen Benommenheit hatte er bereits beschlossen, nicht zu dem Termin zu erscheinen. Er mochte keine Verpflichtungen. Und er war äußerst empfindlich gegenüber Anweisungen und Befehlen. Er hatte den Militärdienst verweigert. Andererseits hatte er nie Auseinandersetzungen mit der Polizei gehabt. So blieb er liegen und grübelte darüber nach, was er Strafbares getan haben mochte. Oder ging es um etwas, das er nicht getan hatte? Das er versäumt hatte, eine Pflicht, die er nicht erfüllt hatte? Er lag schlaflos da. Je müder er wurde, desto stärker war er überzeugt, dass er an etwas schuldig war, nur wusste er nicht, woran. Und da er nicht wusste, was er falsch gemacht haben mochte, vertiefte sich das Schuldgefühl immer mehr. Er verlor den Appetit. Er verlor die wenige Kraft, die er noch hatte, den wenigen Lebensmut; er war dabei, krank zu werden. Er wagte nicht mehr auszugehen. Fürchtete sich davor, Menschen zu begegnen. Wussten sie bereits von seinem Vergehen? War es allgemein bekannt? Wussten alle etwas, das er selbst nicht wusste? Er hörte auf, Radio zu hören und Zeitung zu lesen, diese kleinen Alltagsfreuden wurden auf einmal zu großer Angst. Wovor hatte er Angst? Davor, überführt zu werden? Wessen überführt? Tief in uns allen befindet sich ein Verbrechen. Und jetzt trat dieses Verbrechen in Ich an die Oberfläche, im Laufe weniger Tage wurde er mit dem Schuldigen identisch und übernahm dessen Leben vollkommen. Er sehnte sich nach einem Verbrechen. Er hätte morden können. Wen auch immer ermorden können. Den Erstbesten, der ihm begegnen würde.

Einige Tage lang war Ich der schlimmste aller Menschen; für alles Mögliche klagte er sich selbst an und verurteilte sich.

Als es endlich Montag war, freute er sich darauf,

zur Polizeiwache zu kommen. Er war bereit, jedwedes Verbrechen zu gestehen. Er sehnte sich nach einer Strafe. Er freute sich darauf, eine konkrete Anklage zu hören. Er packte das Nötigste ein, zog einen Jogginganzug an und trabte, den Rucksack auf dem Rücken, zur Bushaltestelle hinunter. Auf der Polizeiwache, am Empfang, wurde er von einem jungen Mann begrüßt. Ich bemerkte sofort, dass der junge Mann nervös war. War die Anklage gegen ihn so ernst? War das kommende Verbrechen, das noch nicht begangen war, aber im Laufe der nächsten Stunden wie ein Blitz einschlagen und sich ereignen würde, je nachdem, ob er die Schuld gestand oder sie abzuwehren vermochte; war dieses noch nicht begangene Verbrechen wirklich so gravierend? Der Beamte war nervös. Das beruhigte Ich. Er fühlte sich in der Situation überlegen. Er empfand für den jungen Beamten Sympathie. Es konnte unmöglich angenehm sein, als Ankläger aufzutreten: unschuldige Menschen anzuklagen und, vielleicht noch schlimmer, Schuldige anzuklagen. Ich wurde in einen Raum mit zwei Stühlen und einem kleinen runden Tisch geführt. Er wurde darauf aufmerksam gemacht, dass das Verhör gefilmt und elektronisch aufgenommen werde. Es werde ein Bericht geschrieben. Der junge Beamte war attraktiv. Langes helles Haar. Milde blaue Augen. Eine behutsame Stimme. Anfangs noch etwas unsicher, aber mit Fortschreiten des Gesprächs immer sicherer. Kannst du etwas über dich erzählen? Nein, Ich wollte nichts über sich erzählen. Er wollte die Anklage hören. Dazu kommen wir noch! Ich möchte gern besser verstehen, wer du bist. Was du über dich denkst. Ich habe nichts Böses getan, brach es plötzlich aus Ich hervor, es klang unleugbar wie ein Geständnis. Das heißt, ich möchte gern wissen, wessen ich angeklagt werde und von wem. Du bist der Vergewaltigung angeklagt, sagte der Beamte. Die Nervosität war aus seiner Stimme verschwunden, er war zum Ankläger geworden. Er hatte eine Anklage. Er äußerte sie hart und entschieden, wie einen Schlag. Ein Schlag gegen Ichs gesamtes Wesen, gegen seine gesamte Person, gegen sein gesamtes Leben und Lebensgefühl, gegen seine Anständigkeit und Moral, gegen das Innerste seiner Empfindsamkeit und Verwundbarkeit: Ich war kein Übergriffiger und könnte niemals einer sein. Ein Vergewaltiger. Das war nicht möglich. Ich verspürte zuerst die Wut, die immer von Schlägen bewirkt wird, es tat weh, und der Schmerz wurde von Erleichterung gefolgt. Die Anklage traf den Falschen. Oder die Anklage selbst war falsch. Und wer hat Anzeige erstattet?, fragte Ich. Der Beamte nannte den Namen der Frau. Ein Ich sehr lieber Name. Er war in sie verliebt gewesen. Vor sieben Jahren! Er hatte sie auf einem Literaturfestival kennengelernt. Sie hatte seine Bücher gelesen und erzählte, sie habe erotische Fantasien mit ihm. Das schmeichelte ihm. Es machte ihn neugierig. Zu der Zeit hatte er keine Beziehung. Er verliebte sich. Jetzt musste Ich dem jungen Beamten diese Liebesgeschichte nacherzählen. Das war äußerst unangenehm: etwas nacherzählen, das wehgetan hatte. Und der Beamte war ausschließlich an Sexuellem interessiert. Er erklärte, Ich könne offen über alles Sexuelle reden; er sei daran gewöhnt, das Schlimmste zu hören. Nichts, sagte er, nichts, wiederholte er, sei ihm fremd. Er hatte schon das Allerstärkste gehört, wiederholte Male: Ich könne sich nicht vorstellen, wie viele Übergriffe und Vergewaltigungen jedes Jahr, ja, jeden Monat, jede Woche, ja, jeden Tag bei ihm angezeigt würden! Die meisten hätten tatsächlich stattgefunden. Nur ausnahmsweise, selten einmal, werde fälschlich Anzeige erstattet. Der Beamte hatte schon unzählige Male von den schlimmsten, gröbsten Übergriffen gehört und versicherte Ich, er könne seine schmutzigsten Neigungen und Handlungen zugeben. Aber Ich war ein Liebhaber. Er hatte keine schmutzigen Neigungen und er hatte nie etwas Übergriffiges getan. Er hatte Amy geliebt. Wie um alles in der Welt sollte er das einem Mann erklären, der Spezialist für Übergriffe war und vielleicht ein Geständnis erwartete. Der nach Fehlern und Widersprüchen suchte, nach Spuren und Anzeichen von abweichendem Verhalten und Details, der die sexuelle Situation mit wiederholten Fragen nach den privatesten Dingen in Angriff nahm. In dieser Situation war Ich ein Opfer. Und er riskierte, dass sein Leben zerstört wurde, nicht nur hier und jetzt, sondern auch in Bezug auf seine Vergangenheit; denn die Anklage würde ein schmutziges Licht auf denjenigen werfen, der er gewesen war und der er war und an den man sich erinnern würde; es würde ihn als Menschen definieren. Sie, die die Anklage gegen ihn erhob, konnte ihn als Menschen zerstören. War es das, was sie wollte? Und warum wollte sie es? Der Beamte fragte, was ihre Motive sein mochten. Das war eine schwierige Frage. Sie hatten einander vor sieben Jahren geliebt. Amy hatte neben ihm einen Liebhaber gehabt. Die Beziehung zerbrach, daran erinnerte Ich sich, und Amy schrieb ihm in einer E-Mail, dass sie nach einem Selbstmordversuch in die Psychiatrie eingewiesen worden sei. Ich hatte die E-Mail damals als Anklage empfunden. Hatte sie diese Anklage jetzt erneut erhoben, sieben Jahre später? Sie wollte die Schuld von sich nehmen, indem sie sie ihm zuschob: War das ihr Motiv dafür, ihn wegen Vergewaltigung anzuzeigen? Ich sah den Beamten an und musste wider Willen weinen. Er wollte ungern schlecht über Amy reden. Er war in sie verliebt gewesen: Es kann sein, dass sie nicht ganz im Gleichgewicht ist, sagte er, vielleicht ist sie krank geworden? Es tut mir leid, ich habe keine andere Erklärung.

Der Prozess war langwierig. Berichte mussten geschrieben werden. Weitere Verhöre mussten stattfinden. Einige Monate lang lebte Ich als Verdächtiger. Es braucht nicht mehr als eine Anklage gegen einen normalen Menschen, und schon wird er seine Lebensweise ändern; er wird sich unnormal und verdächtig verhalten. Ichs gewöhnliche Lebensweise war jetzt die eines Verdächtigen; schlief er vormittags nicht zu lange und auch noch tagsüber, und pflegte er nicht ungesunde Gewohnheiten, ging er nicht abends in Bars, umgab er sich nicht mit jungen Menschen und war seine Kleidung nicht auffällig jugendlich und seine Redeweise frech, vielleicht anmaßend, war er nicht arrogant und selbstverliebt, verlogen und schwärmerisch, unverträglich und frei; verdiente er nicht eine Strafe? Er setzte diese Strafe selbst unmittelbar ins Werk: Ich überwachte und untersuchte unaufhörlich sein alltägliches Handeln und seine innersten Gedanken. War er dabei, verrückt zu werden? Traute er sich selbst nicht mehr? Hatte er Zweifel daran, wer er war? War er kein guter Mensch? Musste er sein Leben von Grund auf verändern: War es möglich, ein neues Leben zu beginnen, oder sollte er es ein für alle Mal beenden?

Ich beschloss, ein Urteil zu fällen. Er ertrug es nicht, auf das Ergebnis des Prozesses zu warten. Er richtete sein Wohnzimmer als Gerichtssaal ein: zwei Stühle, ein Tisch. Er nahm auf dem Stuhl des Anklägers Platz. Es war April. Die Sonne schien. Im Garten blühten die Krokusse. Erst Krokusse, dann Narzissen, dann Barbarakraut, dann Löwenzahn. Die Bienen kamen. Die Bachstelzen kamen. Schnecken kamen und Regenwürmer, die von den Amseln aufgepickt wurden, die sangen morgens und abends. Aus den Knospen der Bäume schossen Blätter, um das Haus herum grünte alles. Das Gras wuchs. Der Rasen musste gemäht werden; Ich versäumte diese Pflicht, wie üblich. Er saß in seinem Wohnzimmer und verlas sämtliche Anklagen des Gerichtes. Die Missetaten eines ganzen Lebens wurden aufgedeckt. Große und kleine, en gros und en détail: Alles musste ans Licht, ans Licht des Frühlings; des harten Richters. Ich hielt seine Verteidigungsrede. Unversehens war er ein alter Mann geworden. Hätte jemand im Gerichtssaal einen Spiegel hochhalten können, hätte er diese Verwandlung gesehen – die im Laufe weniger Minuten vonstatten ging –, wie das Gesicht zusammenfiel und sich unter den Augen Falten bildeten, wie das Licht in den Augen verblasste, und wurde nicht das

Haar noch eine Ahnung grauer in dem starken Frühlingslicht? Die Mundwinkel sanken ein wenig herab, die Unterlippe öffnete den Mund wie ein Fragezeichen; und der Hals, hatte der nicht auf einmal einen Knick und hielt sich unwillkürlich vornübergebeugt, wie wenn man einen Stein oder eine andere Bürde auf den Kopf des Mannes gelegt hätte; auf diesem so vielversprechenden Kopf, der sich jetzt ein wenig zur Brust neigte, und atmete Ich jetzt schwerer? Drang ein abgestandener, unfrischer Atem zwischen den Zähnen hindurch, hatte er während des Prozesses einen Zahn verloren, der Mund wirkte welk und feucht; er weinte. Das Urteil wurde mitten am Tage gefällt. Um zwei Uhr. Es wurde schriftlich festgehalten. Ich hielt das Urteil in einer Art Protokoll fest: einige Sätze auf einem weißen Blatt. Danach verschloss er dieses Protokoll in einer Schublade, rauchte eine Zigarette und ging dann endlich in den Garten, den Rasen mähen.

Im Mai des Vorjahres hatte Ich seinen großen Beschluss gefasst. Er hatte entschieden, dass er noch ein Jahr zu leben hätte. Er reiste mit Freunden nach Frankreich. Er verliebte sich in Aka. Sie wurde schwanger. Ich würde Vater werden. Er war sechsundfünfzig Jahre alt. Er hatte die Vergangenheit hinter sich gelassen. Er hatte keine Zukunft. Mit anderen Worten; das Jahr verrann wie Sand in einer Sanduhr, die Zeit verging so schnell, fand er! Konnte er sie nicht ausdehnen, sie verlangsamen, doch, das konnte er, indem er sämtliche Details des Tages aufmerksam verfolgte; den Tagesanfang, die Tagesmitte und das Ende des Tages. Jeder Tag wurde zu einem Feiertag. Und Ich versuchte in den letzten Monaten, den letzten Wochen, den perfekten Tag zu erschaffen, so gut er konnte. Den Tag, dessen sämtliche Phasen er wach und aufmerksam erlebte; von den ersten Sonnenstrahlen am Morgen (und schon davor, in einem Wachheitsanfall; das Verschwinden der Dunkelheit in der blauen Stunde, einem dunklen Blau, erhellt von den letzten nächtlichen Straßenlaternen und Sternen, wie Lichtpunkten in einem helleren Blau, gemischt mit dem grauen Nebel vom Meer her; eine Farbe, die er geradezu riechen konnte) bis zum Ende des Tages am Abend: Ein lebendiger Tag! Ein bunter Tag! Ein missglückter Tag (der ebenso wichtig sein konnte wie ein geglückter Tag). Ein vergeudeter Tag. Ein Tag ohne Vögel. Ein Tag ohne Bäume. Ein trauerschwerer Tag. Alleinetag. Akatag. Ein Tag mit zwei Freuden. Ein Tag mit Büchern. Ein Spaziertag. Er gab den Tagen viele Namen. Der perfekte Tag: ein Tag ohne Kümmernisse! Ein ganzer Tag mit einem Freund. Ein Tag, den Ich mit dir verbrachte. Aka war hochschwanger. Aka und Ich gingen zum Wasser, setzten sich ans Ufer und aßen. Ich sprang in das kalte Wasser. Schwamm. Sei bloß vorsichtig, rief Aka; nicht, dass du einen Krampf kriegst oder einen Herzstillstand und ertrinkst.

Aka war zweiunddreißig Jahre alt. Sie würde eine gute Mutter sein. Ich liebte sie. Er liebte die Art und Weise, wie Aka ging, wie sie redete und lachte, ihre Stimme, wie sie nachts im Schlaf sprach. Eines Nachts wachte er davon auf, dass sie laut redete, mit wem wohl, worüber, was träumte sie, was sagte sie, sie sagte mit geschlossenen Augen zwischen schweren Atemzügen, so abwesend, so anwesend im Schlaf: Das ist fiktiv! Fiktiv! Sie wiederholte das Wort zweimal, dann war sie still. Sie schlief. Wie schön sie war! Ich küsste sie auf die Stirn. Er konnte sie nicht verlassen, niemals, nein, er konnte das nicht, er würde sie nie verlassen!

In der letzten Woche wurde Ich von Zweifeln beschlichen. Würde er sterben? Er hatte sich dafür entschieden; der Tod hatte ihm das stärkste Jahr seines Lebens geschenkt, der Tod hatte ihm Leben geschenkt. Und auf eine gewisse Weise schuldete er dem Tod sein Leben. Dennoch, war es möglich, dem Tod ein Schnippchen zu schlagen? Du verkaufst deine Seele dem Teufel, aber brichst den Vertrag.

Du versprichst dein Leben dem Tod, und brichst den Vertrag. Das ist möglich. Das ist vernünftig. Das ist verständlich. Du bekommst ein wenig Angst. Ich hatte in den letzten Wochen, während es auf das Ende zuging, Angst vor dem Sterben bekommen. Er bereute seinen Beschluss nicht, spürte aber jetzt die Furcht vor dessen Konsequenzen, den Schluss, den Tod, die große Leere, die auf ihn wartete. Er war an einen Punkt gelangt, an dem er das Leben liebte. Er war an einen Punkt gelangt, an dem er nicht sterben wollte; hart am Tod dran; er konnte ihn jetzt erahnen, und falls der Tod ein Gesicht hat, so konnte er es fast sehen, und falls der Tod eine Stimme hat, konnte er sie fast hören; dieses dunkle Gesicht flüsterte Tag und Nacht: Du siehst mich nicht, du hörst mich nicht, aber ich bin hier, ganz in deiner Nähe, und bald, sehr bald werde ich sichtbar. Du wirst erleuchtet und verdunkelt werden. Du wirst zitternd zusammenbrechen. Du wirst bereuen. Du wirst um Aufschub bitten. Du wirst um Hilfe rufen. Du wirst betteln und weinen. Du wirst schreien. Ich werde dich hören. Und ich werde dich umarmen. Ich werde dir danken. Der Tod braucht den Tod, um der zu sein, der er ist. Auch der Tod muss leben. Ich würde Ich danken. Ich ist der Tod. Ich ist hier, ganz nahe, nahe voraus, fast schon, bald schon eins mit dir. Ich und Ich.

Nein, Ich wollte nicht sterben. Er wollte leben. Chrysanthemen über Chrysanthemen blühten. Es war ein warmer Frühling, wärmer als normal. Das Meerwasser hatte eine angenehme Temperatur. Ich hatte Lust zu schwimmen, er würde den Sommer vermissen. Er würde den Herbst vermissen, den Winter, den Schnee. Er würde die Bäume vermissen. Er würde die Verkehrsampeln vermissen. Er würde vermissen, Fahrrad zu fahren, zu gehen, zu schwimmen. Würde vermissen einzuschlafen und aufzuwachen, er würde die Tage vermissen und den Tag; ihm blieben noch fünf Tage: Montag, Dienstag, Mittwoch, Donnerstag, Freitag, kein Samstag, kein Sonntag, er würde die Samstage vermissen; die Stunden mit Kaffee und den Samstagszeitungen, den Nachrichten, dem Elend der Welt, er würde es vermissen. Er würde die Sonntage vermissen, die Abende mit Zigaretten und Rausch, er würde den Rausch und die Musik vermissen, das tiefe Einsamkeitsgefühl und die Liebeslieder, die Mal um Mal wiederholten Refrains: I love you. I need you. I want you. I miss you. Er würde es vermissen zu lesen. Er würde die Bücher vermissen. Die Sätze, die Wörter. Die schönen Zeilen. Den Geruch von Papier. Den Geschmack von Tee. Er würde die Sprache vermissen. Zu reden. Zuzuhören. Zu denken. Er würde die Gedanken vermissen. Würde er das wirklich? Er wäre tot. Er würde nichts vermissen. Er wäre von allem befreit. Er wäre, bereits in wenigen Tagen, ohne jede Sehnsucht, er wäre der, der nicht mehr vermisst.

Ich erhielt auf seinem Mobiltelefon die Nachricht von einer Gesellschaft: Wir können dich leider nicht in unserem System finden.

Am Montag löschte Ich sein Facebook-Profil. Er löschte alle E-Mails, die erhaltenen wie die verschickten. Er kündigte das Abonnement der Wochenzeitung *Klassekampen*.

Am schwersten fiel es ihm, alle Briefe zu verbrennen. Und seine Tagebücher. Ich besaß zweiundfünfzig Hefte mit Tagebuchaufzeichnungen, er verbrannte sie. Das dauert einen ganzen Abend.

Was sollte er mit all seinen Büchern anfangen? Ich besaß eine Bibliothek. Ich hatte Bücher gesammelt, seit er achtzehn war. Er ertrug den Gedanken nicht, die Bücher woandershin zu bringen, dass die Bücher woandershin gebracht würden. Er war zu feige, um das Problem mit den Büchern zu lösen.

In einem Schrank im Schlafzimmer hatte er gegen dreihunderttausend Kronen in bar. Er tat sie in einen

Schuhkarton und schrieb Akas Namen darauf: Für Aka.

Er ließ seine Kleidung im Schrank hängen.

Er legte seine Armbanduhr und seine Ringe in eine Schachtel im Badezimmer.

Er ließ seine geliebten Stiefel im Hauseingang stehen, bereit zum Losgehen.

Im Laufe zweier Abende trank er seine teuersten Weinflaschen aus.

Er rauchte mehr als sechzig Zigaretten.

Er baute die Kakteen und Orchideen auf einem Tisch im Garten auf.

Er schrieb Aka einen Brief, legte ihn auf den Schreibtisch im Wohnzimmer.

Er schaffte es nicht, die Fotos zu verbrennen oder wegzuwerfen; die Familienalben und Fotoalben, die er aufbewahrt, und die Fotos, die er aufgenommen hatte, seit er neunzehn war.

Am Mittwoch besuchte er Aka in ihrer Wohnung in der Stadt. Er benahm sich ganz normal. Schlief bei ihr wie gewöhnlich. Frühstückte und versprach, am Freitag wiederzukommen: Das war zwei Wochen vor dem Geburtstermin.

Sie waren sich einig, dass das Kind Simon heißen sollte.

Aka fragte, wo er seine Armbanduhr und seine Ringe gelassen hatte. Er log ihr etwas vor. Er log ungern, aber es war nötig.

Ich fuhr mit dem Fahrrad nach Hause. Er fuhr mit dem Fahrrad und vermisste sein Fahrrad bereits, es war vielleicht sein liebster Besitz, neben der Schreibmaschine und dem Fotoapparat.

Mit der Post bekam Ich ein Päckchen aus Dänemark. Ein kleines, dünnes Büchlein aus dem Verlag Brøndum: *Brief im April* von Inger Christensen.

»Da stürzt plötzlich / das licht herein / und versteckt uns ganz.«

Ich saß einige Stunden lang im Korbsessel und starrte auf die Tulpen in der Blumenvase seiner Mutter.

Er liebte die Farbe Rot.

Er schaltete die Schreibtischlampe ein und aus.

Er erinnerte sich an etwas, das Aka gesagt und das großen Eindruck auf ihn gemacht hatte, so großen, dass es möglicherweise sein Leben verändern konnte; sie hatte gesagt, sie habe noch nie eine Fliege totgeschlagen.

Er saß im Wohnzimmer beim Fenster und nahm Abschied von allem, das drinnen und draußen war. Er fürchtete sich vor dem kommenden Tag und verbrachte eine schlaflose Nacht.

Er hatte sich noch nicht entschieden, wo und wie er sterben würde.

In der letzten Nacht schlief Ich nicht. Am Morgen stand er früh auf, ging ins Bad, duschte und rasierte sich. Er nahm ein gutes Frühstück zu sich. Er hörte die Radionachrichten. In dem Baum vorm Küchenfenster saßen zu viele Vögel. Er bemerkte, dass der Rhododendron früher blühte als sonst. Es war der wärmste Mai seit Beginn der Aufzeichnungen. Ein Freitag. Er hörte die Geräusche vom Meer her; das Tuckern eines Lastschiffs, das tiefe Nebelhorn der Passagierdampfer. Morgennebel, Gutwetternebel. Keine Wolken. Der perfekte Tag. Er trank eine Tasse Kaffee. Dann ging Ich ins Schlafzimmer hoch, wollte sich wieder ins Bett legen, nein, er nahm seinen besten Anzug aus dem Kleiderschrank und zog ihn an. Weißes Hemd und schwarzen Schlips. Er trat aus der Haustür und begegnete seinem Nachbarn Rank. Wie gewöhnlich wechselten sie ein paar Worte. Ich holte den Rasenmäher aus dem Schuppen und mähte den gemeinsamen Rasen vor den Reihenhäusern. Er schwitzte. Er war schweißnass. Er wollte zum Meer hinuntergehen, sich ausziehen und in das kalte Wasser springen. Er hatte zwanzigtausend Kronen in bar in der Hosentasche. Er konnte kaufen, was er wollte, er konnte gut essen und trinken gehen. Er konnte verreisen. Er ging die Kurven zum Meer hinunter, durch den Wald und zu den Uferfelsen, wo bereits ein paar Studenten in der Sonne lagen. Er zog sich aus bis auf die Unterhose und sprang ins Wasser. Ein Kopfsprung. Die kurze Empfindung zu schweben. Aufprall auf der harten Wasserfläche, das kalte Meer. Unter dem Wasser verschwinden. Schwimmen. Bis er keine Luft mehr hatte, irgendwann hatte er keine Luft mehr. Er schwamm hoch, das Sonnenlicht traf ihn im Gesicht. Zwei Seeschwalben flogen dicht über dem Wasser. Kleine weiße Schaumkrönchen auf den Wellen. Ich schwamm zum Land. Er kroch aus dem Wasser wie ein vierbeiniges Tier, aus dem Tang, über die nassen glatten Uferfelsen, auf die er sich zum Trocknen in die Sonne legte. Das hier konnte der beste Tag seines Lebens werden.

Ich sucht nach einer Stelle zum Sterben. Das Meer im Rücken, folgt er seinem alten Weg zur Grundschule (Pausenlärm und die Schulglocke, die plötzlich klingelt und ihn an Prügeleien auf dem Schulhof erinnerte, in der Turnhalle; er prügelte sich gern), dann die Kurven und Treppen zu dem Hang, von dem aus ein Pfad in die Stadt verläuft. Es gibt da eine Stelle am Fluss, eine Waldeslichtung, wo er als Kind gern gespielt hat, er hatte dort sein Geheimversteck in einer Felsenhöhle, einer alten Grotte; war das eine Schlafstelle, ein Versteck der Jäger gewesen? Einmal, als er sich in der Grotte versteckt hatte, flog ein Adler vorbei und warf ihm, der auf einem Bett von ausgerissenem Heidekraut ruhte, einen Blick zu; sein Blut erstarrte zu Eis, er empfand eine neue Angst, die uralt sein musste; die Angst der Jäger vor Raubtieren, vor der Natur? Ist das die Stelle, die er jetzt sucht? Auf allen Vieren kriecht er über das Moor, spürt, wie die Nässe seine Kleidung durchfeuchtet und auf seine Haut trifft, sie tut ihm gut, er kriecht in die enge Grotte hinein, sie ist kühl und dunkel. Ist das der Ort? Er liegt in der Grotte, er friert. Er möchte gern, dass es schlimm ist. Er möchte gern, dass es ihm gut geht. Er könnte sich mit einer Rasierklinge die Pulsadern aufschneiden und verbluten. Dann dürfte es schwierig werden, ihn zu finden; dieser Gedanke gefällt ihm; dass er sich versteckt wie ein Tier und wie eines stirbt.

Wie ein Tier. Tiere würden ihn finden. Ein Fuchs? Ein Vogel? Kreuzotter und Ameisen. Insekten und Kleingetier. Fliegen! Er hat Tiere sterben sehen. Auf einer seiner Wanderungen durchs Gebirge ist er auf ein sterbendes Hirschkalb gestoßen, den Kopf von Fliegen bedeckt, sie saugten und bohrten sich in das Fleisch unter der Stirn und in die Augen, den Mund und die Ohren; er wedelte die Fliegen mit einem Handtuch weg, lud sich das Kalb auf die Schultern und trug es zum nächsten Hof, wo der Bauer es mit einem Messer rasch tötete. Ich wollte zuerst von Insekten gefunden werden, dann, vielleicht, eines Tages, vom Hund eines Wanderers. Er will gefunden werden. Ich spürt schon, wie die Ameisen unter den Stoff seines Anzugs kriechen. Er will hier nicht liegen bleiben. Er kriecht aus der Grotte hinaus, spürt die Freude angesichts des Tageslichts. Es ist ein Freitag. Er weiß genau, es ist ein Freitag. Die Sonne steht hoch am Himmel. Er hat noch den ganzen Rest des Tages. Er geht zum Fluss, steigt hinein und watet durch das kalte, klare Wasser. Es ist warm, und er friert. Es ist gut zu frieren, gut, die Kälte in der Hitze zu spüren. Er steigt aus dem Fluss und findet den Pfad wieder; bergauf in Richtung der Stadt, die dort vorn liegt, dort unten. Die Stadt! Was soll er dort? Er will sich von den Straßen und einigen Orten verabschieden, mit denen er eng verbunden war; ein paar Häusern, einer Wohnung und einigen Adressen, das ist alles.

Er will in die Stadt hinein und aus ihr heraus gehen. Die Stadt ist nicht sein Ort. Allerhöchstens ein Besuchsort, mehr nicht. Ein Durchgangsort. Manchmal ein Begegnungsort, ein Verliebungsort, auch ein Liebesort und einige Jahre lang ein Wohnort, aber nie eine bleibende Statt. Immer ein vorübergehender Ort. Und in den letzten Jahren geradezu ein Nicht-Ort. Ein Ort, den er immer weniger mochte, bis er irgendwann der Ort von Zerstörungen und Irritationen wurde, geradezu ein Hass-Ort. Er mag die Stadt nicht. Abgesehen von einigen Kneipen (in denen es ihm gut gegangen ist, in der Dunkelheit, im Rausch; also fast, wie an keinem Ort zu sein) und ein paar Restaurants, hat es keine Orte in der Stadt gegeben, die ihm Freude bereiteten, oder vielleicht doch, wenn er in einem Obstladen einkaufte oder an einem Brotladen vorbeiging, den Duft des frischgebackenen Brotes roch und die Frau am Tresen sah, und manchmal, wenn er in einem bestimmten

Blumenladen einkaufte, und zumal, wenn er einen bestimmten Kirschbaum wiedersah, oder wieder andere Male, aber seltenere Male, wenn er zufällig dem Schriftsteller, der nicht schrieb, über den Weg lief; dieser alte Mann mit Hut und Spazierstock, er gehörte einer anderen Zeit an, einer verlorenen Zeit, und dennoch brachten die Begegnungen mit diesem Schriftsteller immer die verlorene Zeit zurück; als gehörten sie beide für einige Minuten zum 19. Jahrhundert und zur klassischen Literatur.

Ich geht den Kiesweg hinauf, an drei Staustufen vorbei, er verfolgt das fließende Wasser dorthin, wo es seinen Ursprung hat; in Richtung der klaren, durchsichtigen Bergseen. Er trinkt aus dem Bach. Er sitzt im Schatten einer Kiefer. Es ist der perfekte Tag. Schläft er ein? Träumt er? Er sieht zwei Frauen in Sportsachen vorübergehen. Er hört die Vögel, versucht, die verschiedenen Arten zu erkennen. Er hat irgendwo gelesen, dass Rousseau auf dem Krankenbett, kurz vor seinem Tod, noch die Namen sämtlicher Blumen der Welt lernen wollte. Wie überflüssig und schön! Ich steht auf und geht das letzte Stück zur Stadt hinunter. Er singt. Schlenkert mit den Armen. Hüpft. Rennt ein wenig und stürzt. Als ob er berauscht wäre. Er ist vom Leben berauscht. Weil er sterben wird.

In der Stadt isst Ich in seinem Lieblingsrestaurant. Er trinkt eine Flasche Weißwein. Er zahlt bar. Er schaltet sein Mobiltelefon ab. Er wandert durch die Stadt. Er geht an der Wohnung vorbei, in der seine Großeltern gewohnt haben, und an der Wohnung, in der er aufgewachsen ist, gleich beim Park. Im Park liegen Studenten in der Sonne. Sie grillen Fleisch und Würstchen auf Einweg-Grills, im Baumschatten wird auf einer Wiese Fußball gespielt. Eichen. Hasel. Birken. Alte Bäume. Junge Menschen. Mit jeder Stunde dieses letzten Tages, die vergeht, ist Ich immer stärker gewillt weiterzuleben. Er liebt das Leben zu sehr, um zu sterben. Er ist gesund, er ist glücklich, er ist stark. Ist er stark genug, um zu sterben? Ist er stark genug, um zu leben? Weiterzumachen. Er geht. Automatisch jetzt, er geht wie eine Puppe, gezogen von an seinen Händen und Füßen befestigten Fäden; er geht seinem Beschluss entgegen, seiner Entscheidung entgegen; sie zieht ihn davon. Aber er findet den Ort nicht, seinen Ort, den Ort, an dem er den Tag beenden wird. Er geht über eine Fußgängerbrücke. Ein Junge springt von der Brücke ins Wasser. Schlägt in der Luft Salto. Trifft mit den Beinen aufs Wasser und gleitet hinein. So einfach! So schön! Ich ist dabei, die Stadt zu verlassen. Er hat einmal auf einer Insel gewohnt. Ist er dorthin unterwegs? Er geht den Vorstädten entgegen; ein Schnellimbiss, eine Tankstelle, der

Verkehr gleitet an ihm, der am Straßenrand entlanggeht, vorüber. Soll er umdrehen, denselben Weg zurückgehen, nach Hause? Er ist müde und sehnt sich nach seinem Bett, er sehnt sich nach Schlaf. Die Sonne geht bald unter, langsam versinkt sie hinter den Hügeln der Insel und gibt dem Himmel Raum für ein dunkles Blau; eine Ahnung von Schwarz in all dem satten Blau. Er liebt die Farbe Blau. Das ist eine natürliche Farbe, nicht wie Rot mit seinen Verbindungen zu Textilien und Aufstand, Flaggen und Röcken. Seine allerliebste Farbe ist Rosa. Er hat sich immer einen rosa Anzug gewünscht. Einen rosa Pyjama. Ein rosa Zimmer. Rosa ist die unerfüllte Farbe.

Ich könnte jederzeit umkehren. Aber er geht weiter aus der Stadt hinaus, an einer Schwimmhalle vorbei, einem Sportplatz. Wie das Leben zur Ruhe kommt. Außerhalb der Stadt stiller wird. Ruhiger. Wie Leute vor einem Kiosk abhängen. Die Gesichter von den Motorrädern beleuchtet, die auf dem asphaltierten Platz Achten fahren. Die lautlosen Wohnblocks. Sehende Fenster: Niemand hier wird dich daran hindern können zu tun, was du tun musst. Ich geht an den Wohnblocks vorbei, zu einer Kirche hinauf, die plötzlich von Flutlicht beleuchtet wird. Strahlend weiß in der Dämmerung. Der Friedhof, Grabsteine; wie ordentlich aufgereiht die Toten liegen.

All diese toten Namen. Sie leben in den Namen

anderer weiter. Ichs Name trägt viele Tote in sich. Ichs Tod wird in den Namen anderer weiterleben. So, wie der Tod immer im Leben anderer weiterlebt. Wie etwas Böses oder etwas Gutes. Dein Tod kann die Leben anderer zerstören. Dein Tod kann für die Leben anderer gut sein. Das lässt sich nicht ausschließen. Ichs Tod kann für mehrere Menschen gut sein. Ichs Tod kann für manche gut und schlimm sein. Ichs Tod kann für sie schlimm sein, für Aka, aber möglicherweise ist die Abwesenheit eines Mannes und Vaters auch gut für Mutter und Kind. Das ist möglich. Das ist nicht ungewöhnlich. Ich geht zur nächsten Anhöhe hinauf und zündet sich eine Zigarette an. Er würde gern trinken. Aber er muss im Augenblick des Todes einigermaßen nüchtern sein. Er möchte bei klarem Bewusstsein sterben. Er will klar sehen und hören. Er will alle Gesichte und Ängste mitbekommen. Das ist vielleicht der wichtigste Augenblick seines Lebens.

Das könnte der beste Augenblick seines Lebens werden.

Er weiß nichts davon zu sterben. Er hat keine Angst mehr vor dem Tod. Er weiß jetzt, wo und wie es geschehen wird. Er raucht und wird vollkommen ruhig. Das heute war der perfekte Tag. Er hat den Tag mit einem letzten Blick gesehen, wie wenn man weggeht und den Kopf dreht, einen Blick über die

Schulter wirft und auf einmal die Welt wie neu sieht. Wie unentdeckt. So kann man fast jederzeit ein Bild von der Welt stehlen; du drehst dich um und siehst etwas, das du nicht hättest sehen sollen! Wer ist die Frau da hinter dir, du schaust hin und verlierst sie. Du siehst das Sonnenlicht in den Baumkronen. Du siehst die Vögel auffliegen. Du siehst die Welt beginnen.

Ich will in diesem Ende die ganze Welt mit sich nehmen. Und dennoch wird die Welt weitergehen, als ob nichts geschehen wäre, als ob nur das Übliche geschähe. Es ist so viel Tod in der Welt. Tagtäglich so viel Tod in der Welt. So viele Tote, jeden Augenblick; ein Tod ist nicht mehr wert als ein anderer, als egal welcher Tod; dein Tod ist weder wichtiger noch unwichtiger als der Tod anderer. Und doch stirbt die Welt mit dir, sie endet, für eine Sekunde oder zwei, wie wenn du den Atem anhältst oder liebst, die Welt endet, bevor sie weiteratmet, weiterlebt, ohne dich, ohne die gestorbene Zukunft.

Ich geht am Straßenrand entlang. Er humpelt. Er hat schwer zu tragen. Er schleppt einen Zwerg auf dem Rücken mit. Dieses Gewicht auf der Schulter, dieser kleine, feuchte Mund, der ihm unablässig ins Ohr flüstert: Tu es, tu es nicht! Sieht denn niemand, dass es Ich schlecht geht, dass er schwer zu tragen hat? Ich streckt die Hand aus und hält den Daumen hoch, um ein Auto anzuhalten. Er möchte gerne auf einer Rückbank sitzen. Mit Fremden reden. Irgendwohin gefahren werden. Vielleicht würden sie ihn ins Krankenhaus oder zu einer Polizeiwache bringen. Aber niemand hält an. Die Autos fahren vorbei. Er sieht einen Fuchs am Waldrand. Von einem Gartenzaun starrt eine Krähe ihn an. Ich ist immer gern allein gewesen, er hat häufig die Einsamkeit gepflegt und sich in ihr wohlgefühlt; die Einsamkeit ist sein Stolz gewesen. Sein Anderssein. Sein Außer-der-Welt-Gefühl. Aber so allein wie jetzt ist er noch nie gewesen, er ist allein mit seiner Entscheidung, und er würde gern mit jemandem darüber reden, mit egal wem, dem Erstbesten, dem er auf der Straße begegnet, aber er begegnet niemandem; die Autos fahren vorbei, das ist alles. Die ganze Zeit ist etwas in ihm, das umkehren will. Er will nach Hause. Es ist zu spät. Er ist zu weit weg, dem Ziel zu nahe. Und er hat zu schwer zu tragen. Das Gewicht ist mit ihm eins geworden; er ist müde und schwer, und vielleicht wird sich der Tod wie eine Erleichterung anfühlen, wie eine Befreiung. Darauf hofft er. Die endgültige Befreiung von der Welt, das endgültige Einswerden mit der Einsamkeit, die er immer gesucht, nach der er sich immer gesehnt hat. Die vollständige Einsamkeit. Die große Stille. Das Ende der Gedanken. Das

Ende von Wiederholungen und Falschheit. Der Tod muss echt sein. Der Tod muss rein sein. Der Tod muss gut sein. Der Tod muss alles sein, was Ich nicht ist. Der Tod muss anders sein als alles, was er kennt. Der Tod muss etwas Neues sein. Gibt es denn niemanden am Straßenrand, der ihm erzählen kann, dass er im Begriffe ist, den größten Fehler seines Lebens zu begehen? Er streckt die Hand aus und hält den Daumen hoch. Er hört Möwen kreischen. Er nähert sich der Brücke. Der Brücke zu der Insel, auf der er sechs Jahre lang allein in einem alten Haus gewohnt hat; zu der Einsamkeitsinsel. Auf eine gewisse Weise ist er auf dem Heimweg. Er kennt diese Strecke. Er ist sie schon früher gegangen. Und jedes Mal, wenn er über die Brücke ging, dachte er an seine Mutter. Dass er diese Höhenangst wohl von ihr geerbt hatte. Dieses Erbe, die Höhenangst, hat ihn immer geärgert, ihn erinnert, wie ähnlich er ihr war. Während er auf den Bürgersteig wechselt und die Brücke betritt, hat er den alten idiotischen Gedanken: Vielleicht sehe ich sie bald wieder. »Ich werde es nie schaffen, von der Brücke zu springen.« – »Ich werde deine Höhenangst verspüren, und ich werde ihr trotzen.«

Ich geht den Bürgersteig entlang und studiert die Absperrung längs der Strecke, sie ist ein Schutz vor dem Meer. Immer wieder klettert jemand darüber und springt von der Brücke. Alle auf der Insel wissen das. Der Tod ist ein Geheimnis, das allen bekannt ist. Ich muss bis zur Mitte der Brücke gehen. Zur höchsten Stelle. Dann muss er eine Lücke im Verkehr abwarten. Nur ein paar Minuten, mehr braucht er nicht, um über die Absperrung zu gelangen. Wird ihn jemand sehen? Er wird eine Weile auf der Außenseite der Absperrung stehen. Wird er darauf warten, an seinem Vorhaben gehindert zu werden? Auf einen Ruf, eine Warnung, eine Rettung? Als Allerletztes wird er die Stadt sehen, in der er geboren wurde und aufwuchs, die Stadt, die er liebt, sie wird in der Dunkelheit leuchten. Dann muss er die Augen schließen. Der Höhenangst trotzen, dem Leben und dem Tod trotzen, und springen. Und in den letzten Sekunden, in der Luft, wird er es ganz sicher bereuen.

Die vorliegende Übersetzung wurde gefördert von NORLA – Norwegian Literature Abroad.

NORLA
Norwegian
Literature Abroad

Erste Auflage Berlin 2021

Göhrener Straße 7, 10437 Berlin
info@matthes-seitz-berlin.de

Einband: Pauline Altmann, Berlin
Satz: Laura Fronterré, Bielefeld
Schrift: Dolly
Druck und Bindung: Pustet, Regensburg

ISBN 978-3-7518-0032-7
www.matthes-seitz-berlin.de